清·馮煦修 魏家驊等纂 張德霈續纂

鳳陽府志

八册

黄山書社

光緒鳳陽府志卷七

選舉表 薦辟 壽典附

進士 舉人 五貢 武科 異途仕進

選舉之法成周尚矣漢承秦制古義寖失然辟召之權屬之刺史守相耳目易周其制視歷代爲善故當時召辟陳桓諸賢皆以懿行亮節光昭史乘至隋變科目唐宋迄明仍而弗易去古益遠然間亦參以制舉薦辟如宋之呂氏代有魁儒名相垂聲遐邇固巍然負一時望也

國朝損益往制宏奬賅洽蒐菲弗遺科目以外更廣開鴻詞端方孝廉賢良諸科以待瑰異之彥至延禮耆英亦聘以元纁而咸同間以武功起家者煙騰風舉佐成

中興迹其勳烈之偉固可爲科目薦紳謙讓未遑者嗚呼作人之道豈不備哉

薦辟

	周	漢
鳳陽		
懷遠		桓譚 龍亢人宋宏薦爲議郎給事中
定遠		
壽州		召信臣 壽春人有傳 召馴 壽春
鳳臺		
宿州	蹇叔 銍人百里奚薦爲上大夫有傳	陳萬年 相人丙吉薦爲諫議大夫有傳
靈璧		陳寵 洨人辟司徒鮑昱府 陳忠 寵子

桓榮龍亢人辟大司徒府

桓郁榮子竇憲薦爲長信少府

桓焉郁子

桓鸞榮曾孫舉孝廉

桓典焉孫舉孝廉辟司徒袁隗府

桓彬典弟舉孝廉

桓曄鸞子舉孝廉有道方正茂才三公並辟

桓驎龍亢人議郎給事中以上皆有傳

人有傳

夏勤壽春人

薛廣德相人蕭望之薦爲博士有傳

陳咸相人萬年子有傳

竇子明銍人陵陽令

徐防銍人舉孝廉有傳

趙孝蘄人舉孝廉辟太尉府有傳

趙禮蘄人孝弟御史中丞

施延蘄人舉有道

劉馥相人漢末辟司徒府

辟司徒府有傳

三國

通志載會慈淮南人不知何縣記於此

蔣濟 平阿人有傳

魯肅 東城人有傳

胡敏 壽春人三國志裴注云以方正徵

胡質 敏子有傳

薛綜 竹邑人有傳

樓元 蘄人

晉

通志載趙誘淮南人不知何縣記於此

桓彝 龍亢人溫嶠薦爲宣城內史有傳

桓豁 彝子辟司徒府

嵇康 銍人有傳

嵇紹 康子山濤薦爲祕書丞有傳

桓宣 銍人

桓伊 宣從子有傳

戴逵 銍人以散騎常侍徵有傳

戴仲若 逵子以散騎常侍徵

嵇含 紹從

子有傳

劉宏 相人

劉璠 宏子 越騎校尉

劉惔 璠子 有傳

武陔 竹邑人有傳

武韶 陔弟

武茂 陔弟

南北朝

顧思遠 鍾離人南史梁宗室始興王傳北徐州刺史蕭映被徵將還思遠挺父行部伍中映見其老使人問之對曰年一百十二歲映大異之召賜之

裴政壽 春人辟邵陵王府參軍後入隋官襄陽總管有傳

劉璲 相人附齊劉瓛傳以上宋人

劉瓛 相人舉秀才袁粲薦爲祕書郎

劉璡 瓛弟舉秀才均有傳

劉顯 相人舉秀才

唐

食食兼人儉其頭有肉骨長寸遂命後舟載還都謁見天子與之言往事多異所傳擢爲散騎常侍以俸食賜

龐嚴 壽春人

夏侯端

劉臻 顯子舉秀才有傳 以上梁人

南唐

壽春人

裴懷古 壽春人有傳

劉奐 壽春人

宋

呂祖謙 壽州人隆興元年舉博學鴻詞科

王希呂 宿州人乾道間進士召試除右正言

金

武楨 宿州

元

人正大初以數學徵除司天臺管勾

賈餘慶 鍾離人縣尹

武亢 楨子以完顔仲德薦爲司天長行

孟祺 符離人

明

馬世熊 鳳陽人以孝弟

湯友恭 懷遠人以人才

曹維新 定遠人以明經

方維馨 壽州人

力田舉官營田使

郁新 臨淮人明史有傳

湯允勣 鳳陽人景泰中以胡濙薦爲都指揮僉事

顧元臣 臨淮人以人才

舉官左都御史

梅景 懷遠人以人才舉官河間同知

韓賓 懷遠人以人才舉官樂亭丞

路鐸 懷遠人以人才舉官歸德幕官

薦官本縣教諭

楊楨 定遠人以儒士薦官福建鹽運使

楊大德 定遠人以儒士薦官婺源丞

許彬 定遠人以賢良方正舉官長沙知縣

舉官山西參政

沈讓　臨淮人以人才舉官泉州知府

吳仲翔　臨淮人以人才徵官延平知府

沈士溫　臨淮人山西右布政

顧玉安　懷遠人以人才舉官巡檢

梅景春

王殿　懷遠人

周景　定遠人以人才薦官茶陵丞

周冕　定遠人以人才薦官禮部員外郎

杭應璧　定遠人崇禎三年以孝廉方正舉

孫泰　臨淮人以人才徵官光祿監事

袁鑑　臨淮人以人才徵官棲霞知縣

楊彥通　臨淮人以人才徵官陵川知縣

沈仲德

王子蘭　定遠人以楷書薦官縣丞

苗穟　定遠人

宋援　定遠人以楷書薦官進賢丞

杜華　定遠人以楷書薦官

臨淮人以人才徵官吉安知府

陸厚 臨淮人以書民徵官綏德同知

裴大亨 臨淮人以書民徵官隰州判官

凌耀宗 臨淮人以秀才

光祿寺署丞 許鵬 定遠人

國朝

舉

趙讓 臨淮人以人才舉官知縣

黃烈 臨淮人貢生清河訓導

史起法 臨淮人貢生石棣訓導

宮榛 懷遠人六品頂帶

宋懋德 懷遠人

楊續榮 懷遠人

王遂 定遠人附生南籠知府

王業 定遠人附生雒南知縣以上雍正丙

方至樸 壽春人震孺子以歲貢薦官教諭

鄧旭 壽春人以上順治年

方德注 鳳臺人歲貢生咸豐辛亥年舉孝廉方正

劉大成　臨淮人貢生寶應訓導

鄧峪　臨淮人貢生寶應訓導

午以孝友端方舉

陳南圖　定遠人增生以嘉慶丙辰年舉孝廉方正

方玉璋　定遠縣增生

穆永照　定遠人附生以上道光辛巳年舉孝廉方正

楊道裕　定遠附生咸豐辛亥年舉孝廉方正

何廷泰　定遠增生同治壬戌舉孝廉方正

方汝梅　壽州人乾隆丙辰年舉孝廉方正

蕭錫雲　壽州人道光辛巳年舉孝廉方正

葉榜　壽州人

王鵬翥　壽州人

嚴純一　壽州人

孫長和　壽州人有傳

李森瀛　壽州人以上咸豐辛亥年舉孝廉方正

進士　舉人　武進士　武舉人

唐

長慶

龎嚴 壽春人見薦辟科分

缺

宋

端拱

呂蒙亨 壽州人有傳科分缺

湻化

呂蒙周 壽州人

呂夷簡 壽州人有傳州志作咸平三年誤以上壬辰孫何榜

呂宗簡 壽州人

呂公著 壽州人有傳

呂公孺 壽州人有傳

呂希純 壽州人有傳

慶歷

呂希道 壽州人有傳丙

戊賈逵榜

政和

白時中壽州人附傳鳳臺志作致和誤科分闕

紹興

呂本中壽州人通志脫中字今補據宋史六年特賜進士第鳳臺志作元年誤

魏杞壽州人有傳壬戌陳誠之榜前十二人並見鳳臺志

乾道

王希呂宿州人見薦辟乙丑鄭僑榜

紹熙

張禮靈璧人附元張郁傳庚戌余復榜

嘉定

王萬濠州人有傳

臺槐定遠人樞密使縣志作六年誤以上癸未蔣重珍榜

闕年

呂公弼 壽州人有傳

呂祖謙 壽州人婺源籍

見薦辟

焦炳炎 壽州人見通志

以上二人並見鳳臺志

元

至元

張郁 靈璧人有傳丁亥

明

洪武

孫仁 壽州人御史

楊吉 壽州人有傳

李裕 壽州人知縣乙丑丁顯榜

陳文銘 臨淮人戊辰任亨泰榜

周赫 鳳陽人

李勳 鳳陽人

陳文銘 臨淮人

桂滿 臨淮人左都御史

李裕 壽州人見進士

孫仁 壽州人見進士

楊吉 壽州人見進士

以上甲子科

羅昭 壽州人有傳癸酉科

建文

王能 鳳陽人

王能 鳳陽人見進士
鄭誼 臨淮人國子監學正
諠一
作譴
趙鼎 臨淮人南昌教授
尹綬 定遠人有傳
王暉 壽州人教授
孫節 壽州人刑部郎中以上丙子科

馮善 臨淮人府同知

周銓 懷遠人有傳
盧廣 壽州人御史
王郁 靈璧人遂甯知縣以上庚辰胡靖榜

談哲 臨淮人鄭州訓導
周銓 懷遠人見進士
胡敏 定遠人有傳
李璡 壽州人
董暹 壽州人御史
郭棨 壽州人御史
盧廣 壽州人見進士
陳璟 靈璧人
王郁 靈璧人見進士以上己卯科

永樂
趙琇 鳳陽人
郭震 臨淮人山東參政有
苗衷 定遠人有傳以上辛卯蕭時中榜通志作己丑科按己丑會試時成祖北巡次年還南京辛卯始廷試今依鳳陽定遠兩縣志
周常 定遠人有傳壬辰馬鐸榜
陳芳 靈璧人乙未陳循榜
車義 臨淮人荊州知府
段蕁 陵遠人以上戊戌李麒榜
陳璇 定遠人有傳辛丑曾鶴齡榜

馮理 鳳陽人見通志
趙琇 鳳陽人見進士
湯懋 懷遠人陝西教諭
許宏 懷遠人
張萃 壽州人給事中
曠敏 宿州人清源教諭以上癸未科
胡誠 鳳陽人見通志
賈節 臨淮人吉安知府
張元善 臨淮人代府教授
賀鑑 臨淮人羅田簿
林春 臨淮人高唐訓導
鄭鉉 臨淮人太原訓導
趙彬 臨淮人山西僉事
劉亨達 懷遠人思府推官
李哲 懷遠人
文瑛 定遠人鳳縣教諭

謝溥　壽州人河南教授

鳳臺志溥作浦

戴儼　宿州人河南教授

張鐸　靈璧人有傳以上乙

酉科

郭震　臨淮人見進士

苗衷　定遠人見進士

任祉　靈璧人以上戊子科

李昂　鳳陽人見通志

周尚文　鳳陽人見通志

金貴　臨淮人岳州府教授

顧敏　臨淮人

段莓　懷遠人見進士

朱矩　定遠人安陸州學正

周常　定遠人見進士

仲奇　靈璧人穀城教諭以

上辛卯科

繆銘　鳳陽人

郭鏞　鳳陽人見進士

車義　臨淮人見進士以上

癸巳科

陳芳 靈璧人見進士

趙理 靈璧人敎諭以上甲

午科

沈祐 鳳陽人通志祐作祜

葉凱 鳳陽人江陰訓導通志列庚子科復列宣德丙午科作山陰訓導今依乾隆縣志

年富 懷遠人有傳

陳璇 定遠人見進士

葉安道 定遠人清苑敎諭

李貴 定遠人見進士

張學 宿州人以上丁酉科

丹衷 鳳陽人見通志

沈瑜 鳳陽人石州通判

殷禮 鳳陽人岳山衛經歷通志作宣德丙午

顧原 臨淮人戶部員外郎

施祥 定遠人

宣德

李貴 定遠人戶部山西司主事丁未馬愉榜縣志作永樂二十五年誤按是年始分南北中取士

趙徽 宿州人有傳

錢浩 靈璧人貢州州判以上庚子科

談道 定遠人趙府左長史

田讓 壽州人以上癸卯科

朱衡 臨淮人戶部主事

楊鏞 懷遠人見進士

張鑑 壽州人教授以上丙午科

史鑑 鳳陽人通志複列丙午科

沈璥 壽州人御史通志璥作璥

王賓 壽州人知縣

朱俊 壽州人教授

虞信 壽州人教授以上已酉科

徐恂 臨淮人荆州教授

周文 壽州人教授

正統

楊鏞 懐遠人丙辰周旋榜

魏貞 懐遠人有傳壬戌劉儼榜

趙昂 壽州人編修乙丑商輅榜

戴昂 宿州人懐柔縣籍有傳戊辰彭時榜

景泰

張信 靈璧人有傳甲戌孫賢榜

王智 壽州人有傳以上壬子科

趙昇 鳳陽人宣城訓導

孫昱 臨淮人秦府奉祀副以上乙卯科

柳春 臨淮人有傳

周讓 定遠人有傳

劉瑜 靈璧人曹縣教諭以上戊午科

魏貞 懐遠人見進士辛酉科

趙昂 壽州人見進士甲子科

戴昂 宿州人見進士光緒縣志通志均未詳今依康熙縣志作丁卯科

金鐸 臨淮人貴子直隸州知州庚午科

柳瑛臨淮人見進士
楊完定遠人經魁見進士
黃璲定遠人有傳
張謹定遠人見進士
趙振宿州人
張僖靈璧人見進士
王澤靈璧人鄉府紀善
以上癸酉科
鄧輔鳳陽人
凌英臨淮人襄府良醫籍

天順
柳瑛臨淮人有傳通志
瑛作暎誤
楊完定遠人有傳以上丁丑黎淳榜
陸輝靈璧人庚辰王一夔榜
黃澄鳳陽人福建左參議

中湖廣鄉試官南昌同知以上
丙子科
黃澄鳳陽人見進士
高舉鳳陽人知縣
顧厚定遠人經魁
陳輝靈璧人通志云見進士而進士表作陸輝今無所證兩存之以上已卯科
顧升臨淮人太醫院籍順

張謹定遠人以天上甲申彭榜
教榜
朱輔懷遠人博興知縣
胡匡壽州人教授
許應鳳壽州人
王㬌靈璧人見進士以上
壬午科
闕年
趙竑壽州人見進士州志竑作翊次許應鳳後今依通志

成化
王㬌靈璧人有傳丙戌羅綸榜
顧佐臨淮人有傳己丑張曻榜○通志曻作昇
張超臨淮人順天府丞
湯鼐壽州人有傳以上乙未謝遷榜
李經臨淮人戊戌曾彥榜
賈宗錫鳳陽人常熟籍

顧佐臨淮人見進士乙酉科
危隆鳳陽人
王嶽靈璧人見進士以上戊子科
張翊鳳陽人當陽知縣
張超臨淮人見進士
石璟臨淮人有傳
王晟壽州人知州以上辛

見通志
馮圯 鳳陽人福建副使通志圯作圯
陳延 定遠人焦賢知縣
王鼎 定遠人福建籍光祿寺少卿
王嶽 靈璧人有傳以上辛丑王華榜
郭鏞 鳳陽人按鏞舉永樂癸巳鄉試年分用去七十三年必有所誤姑遵舊志列此
黃金 定遠人會魁有傳
趙竑 壽州人戶科給事中竑又作竑以上甲辰李旻榜
張衮 鳳陽人有傳
孫儒 鳳陽人江西參議
胡顯宗 臨淮人以上丁未費宏榜

卯科
馮圯 鳳陽人見進士
李經 臨淮人見進士
劉福 臨淮人有傳
湯鼐 壽州人見進士以上
甲午科
孫儒 鳳陽人見進士
陳延 定遠人見進士以上
丁酉科
黃金 定遠人見進士庚子
科
易艮 臨淮人
錢泉 懷遠人有傳
戴達 靈璧人見進士以上
癸卯科
張衮 鳳陽人見進士
鄧鎮 靈璧人嵩縣知縣以上丙子科
闕年
賈宗錫 鳳陽人見進士

弘治
孫鄘 定遠人有傳
夏昇 定遠人廣東籍戶部主事 以上庚戌錢福榜
李濬 鳳陽人給事中
謝朝宣 臨淮人陝西籍 庶吉士官至山西按察使
方矩 定遠人雲南籍禮部

朱光 臨淮人有傳
孫鄘 定遠人見進士
周鉞 宿州人見進士○光緒州志年分未詳今據康熙州志 以上己酉科
李濬 鳳陽人見進士 通志濬作瑨誤
胡顯宗 臨淮人見進士
王鼎 定遠人見進士

右給事中 縣志作癸未科 以上癸丑毛澄榜
徐聯 鳳陽人山東僉事
戴達 靈璧人 以上丙辰朱希周榜
周鉞 宿州人有傳 己未倫文敘榜
趙永 臨淮人有傳 壬戌康海榜
陳鉞 鳳陽人主事 乙丑顧

顧伯謙 臨淮人有傳
謝朝宣 臨淮人陝西籍 見進士
趙永 臨淮人見進士 以上壬子科
徐聯 鳳陽人見進士
陳鐵 鳳陽人見進士 縣志鉞作鉞誤 以上乙卯科
張憲 鳳陽人
蔡儒 鳳陽人乾州知州改

鼎臣榜

泰安知縣

張堯輔 靈璧人廣東鹽提舉以上戊午科

張永泰 定遠人謹子見進士

徐珍 定遠人

徐秉 宿州人以上辛酉科

高越 鳳陽人有傳

趙華 臨淮人開封管河通判

正德

張永泰 定遠人有傳戊辰呂柟榜

凌本 臨淮人湖廣籍當明知州

王鎬 宿州人楚府長史以上甲子科

闕年

夏昇 定遠人見進士

方矩 定遠人見進士

周珏 鳳陽人仁和知縣

夏麟 鳳陽人

余翺 定遠人有傳辛未楊慎榜
姚鳳 懷遠人河南籍有傳甲戌唐皋榜
孔蔭 臨淮人平樂知府據乾隆鳳陽志增
王崑 靈璧人蘭溪知縣以上丁丑舒芬榜
徐行健 鳳陽人通志作人辛巳科

王文傑 臨淮人
姚鳳 懷遠人見進士
余翺 定遠人見進士以上丁卯科
陳世輔 鳳陽人見進士
張烈 臨淮人南京工部員外郎
陳桓 定遠人有傳
黃海 壽州人有傳
白縉 靈璧人

孫鑾 定遠人武進籍太僕寺卿
孫益 定遠人武進籍以上庚辰楊維聰榜

王崑 靈璧人見進士以上庚午科
孔蔭 臨淮人見進士
張國紀 定遠人永泰子鳳翔知府
張煦 壽州人
陳鐸 宿州人以上癸酉科
張鵬 鳳陽人
徐行健 鳳陽人見進士
顧純 臨淮人深澤教諭以

上丙子科

褚寶 鳳陽人見進士

楊經 臨淮人

叚儒 懷遠人莓曾孫海甯

知縣

范慶 壽州人有傳以上己卯科

闕年

孫鑾 定遠人見進士

孫盆 定遠人見進士

嘉靖

陳世輔 鳳陽人廣東參議見通志又見定遠志

謝朝輔 臨淮人朝宗弟陝西籍

張國維 定遠人刑部郎中以上癸未姚淶榜

孫錦 宿州人陝西籍順德知府通志有傳丙戌龔用卿榜

宮潮 壽州人兩浙鹽運判

杜炳 鳳陽人經魁杭州通判

紀鼇 臨淮人

謝朝輔 臨淮人陝西籍

朝宣弟見進士

顧承芳 臨淮人佐孫見進士

張國維 定遠人永泰子

李藩 鳳陽人由本衛指揮官南京後府都督僉事

羅孝思 宿州人由千戶官指揮使〇光緒州志作丙午科據康熙州志上更正以上丙戌科

沈一元 宿州人有傳己丑科

徐世用 宿州人指揮乙酉科

張行恕 定遠人

閻孔昭 宿州人指揮以上戊子科

馬東陽 宿州人指揮辛卯科

段州 宿州人單生

劉昺 鳳陽人有傳
褚寶 鳳陽人兵部郎中
張溪 壽州人安南通判
吳价 壽州人歷官按察使僉事□□道御史以上己丑羅洪先榜
張翼翔 鳳陽人禮科給事中壬辰林大欽榜
顧承芳 臨淮人戶部員外郎

見進士以上壬午科
李賓 定遠人桂林衛籍襄陽通判
李宷 定遠人桂林衛籍南京戶部郎中
吳价 壽州人見進士价通志作玠
錢淵 靈璧人渾源知州
張儀鳳 靈璧人邵陽知縣以上乙酉科

未科
施伯壽 宿州人鎮撫乙
周藩 宿州人指揮光緒州志作戊午今據康熙州志更正
李良臣 宿州人由百戶官中都留守以上戊戌科
趙庭 鳳陽人由留守衛百戶累官廣東參將通志庭作廷辛丑科

沈鈇 宿州人舍餘鈇一作鉞誤
陳策 宿州人軍生以上丁酉科
劉忠 宿州人民生
戈陽 壽州人
黃樓 壽州人光緒州志作丁卯今依舊志以上癸卯科
謝文魁 臨淮人世襲指揮使

楊時秀 懷遠人有傳以上乙未韓應龍榜
馮煥 臨淮人見通志戊戌茅瓚榜
宋治 臨淮人有傳辛丑宅坤榜
李心學 臨淮人有傳丁未李春芳榜
徐養相 鳳陽人有傳見通志

劉昺 鳳陽人見進士
張翼翔 鳳陽人見進士
張溪 壽州人見進士
徐世用 宿州人普安知州以上戊子科
房憲 懷遠人
唐宏 懷遠人興國知州通志宏作齡
俞倫 定遠人以上辛卯科
楊時秀 懷遠人見進士

蔣克讓 鳳陽人由懷遠衛百戶官中都運糧把總丁未科
施沛 宿州人由指揮官山東都司壬戌科
闕年
孫仰 壽州人光緒州志據墓碑增

劉賢 臨淮人中所百戶
李廷芳 宿州人指揮
閻仲元 宿州人千戶以上戊午科
袁國相 壽州人原籍江西分宜縣見進士復中隆慶丁卯庚午科
汪守中 宿州人百戶以上辛酉科
嚴雍熙 壽州人州志

王緒 定遠人汾州衛籍縣志云據太學題名碑增以上丙辰諸大殺榜

劉繼文 靈璧人壬戌徐時行榜○徐復姓申

梁子琦 壽州人有傳乙丑范應期榜

盛堯儒 定遠人有傳

張體乾 宿州人有傳以

上甲午科

楊伯元 臨淮人由選貢任山東定陶訓導中山東鄉試官南京國子監助教

蔡錧 宿州人朝城知縣以

上丁酉科

唐時卿 鳳陽人永昌府同知

云復中隆慶甲午科按隆慶無甲午當是庚午

楊敬時 宿州人百戶

沈壯猷 宿州人蔭襲

羅之屏 宿州人千戶以

上甲子科

闕年

李藩 鳳陽人見進士

趙庭 鳳陽人見進士

蔣克讓 鳳陽人見進士

魏九章 臨淮人寶豐教諭

宋治 臨淮人見進士

張祚 定遠人有傳

侯恩 壽州人以上庚子科

田佐 鳳陽人開封通判

張棟 靈璧人古田知縣以

上癸卯科

李心學 臨淮人見進士

丙午科

孫仰 壽州人見進士

楊守約 壽州人

方從龍 壽州人原籍桐城世襲壽州衛正指揮三科中式

劉官 壽州人

羅孝思 宿州人見進士

沈一元 宿州人見進士

施伯壽 宿州人見進士

周藩 宿州人見進士

吳道東 壽州人知縣己酉科

李志學 臨淮人有傳

杜桐 臨淮人甯化知縣

黑士元 臨淮人由歲貢任河南磁州訓導中河南鄉試官商河知縣

陳爾志 壽州人以上壬子科

杜濟時 臨淮人雷州府同知

顧承顯 臨淮人虞城知縣

夏周 壽州人知縣

徐學禮 靈璧人見進士以上乙卯科

梁子琦 壽州人見進士

劉繼文 靈璧人見進士以上戊午科

田莘 鳳陽人見通志

李良臣 宿州人見進士

施沛 宿州人見進士

張夢蟾　壽州人見進士

胡文瀚　壽州人鎮平知縣以上辛酉科

李繼美　鳳陽人太原同知

夏舜臣　懷遠人龍泉知縣以上甲子科

闕年

徐養相　鳳陽人見進士

馮煥　臨淮人見進士

隆慶

徐學詩　靈璧人陝西參議戊辰羅萬化榜

孫秉陽　懷遠人有傳

盛訥　定遠人陝西籍禮部侍郎

王緒　定遠人山西汾州衛籍見進士

孫錦　宿州人陝西籍見進士

華峯　鳳陽人

徐學詩　靈璧人見進士以上丁卯科

孫秉陽　懷遠人見進士

趙芳　定遠人湖廣籍以上

袁國相　壽州人

沈俊猷　宿州人

沈大受　宿州人以上辛未科

彭宗舜　宿州人鎮撫丁卯科

王之寶　宿州人民生

伯效忠　宿州人指揮

光緒州志效作孝今依康熙州

徐學禮盧璧人河南知府以上辛未張元忭榜
闕年
趙卿壽州人四川道監察御史通志作泗州人誤按州志據萬歷六年兵備道朱公神道碑增入

萬歷

吳定臨淮人河南籍有傳
張夢蟾壽州人南京工科

庚午科
闕年
盛訥定遠人見進士
趙卿壽州人見進士
吳定臨淮人見進士癸酉科

陳默宿州人指揮壬辰科
秦師吉懷遠人壽州衛

志以上庚午科
闕年
沈俊猷
沈大受以上宿州人見進士
徐拱垣宿州人癸酉科
周維屏宿州人民生己

部郎中以上甲戌孫繼臯榜
吳嶽秀懷遠人○通志作懷甯人誤又見懷遠志庚辰張懋修榜
楊應聘懷遠人有傳癸未朱國祚榜
何崇業懷遠人都察院經歷
莊天合定遠人湖廣籍檢討

劉夢京臨淮人
吳嶽秀懷遠人見進士
潘艮懷遠人
楊嘉猷懷遠人有傳以上丙子科
楊應聘懷遠人見進士己卯科
何崇業懷遠人河南籍見進士壬午科
周洛都鳳陽人

鎮撫辛丑科
張文質懷遠人新安衛鎮撫甲辰科

卯科
趙弘化宿州人民生
張雲瀛宿州人民生
徐柳燦宿州人
彭壽君宿州人宗舜子舍餘以上戊子科
蔣行恕臨淮人
秦師吉懷遠人見進士
張文質懷遠人見進士以上蔣秦二人復同中甲午丁

蔣應芝 宿州人有傳以上己丑焦竑榜
孫慎行 定遠人武進籍探花官尚書
佴祺 定遠人臨安衛籍縣志據太學題名碑增以上乙未朱之蕃榜
盛以宏 定遠人陝西籍尚書縣志作戊辰誤甲辰楊守勤榜

蔣應芝 宿州人見進士○光緒州志通志年分均未詳今據康熙州志以上乙酉科
夏之鳳 壽州人有傳戊子科
路沖霄 懷遠人黑鹽井提舉
徐學盍 宿州人有傳以上甲午科
劉繼吳 壽州人見進士

酉丙科
陳默 宿州人見進士據康熙州志增以上辛卯科
楊照 定遠人甲午科
路沖漢 懷遠人丁酉科復中乙酉科
張宏道 懷遠人以從戎中北榜第一名
王希舜 靈璧人
王思道 靈璧人以上庚

陳鳴春 定遠人福建籍兵備道丁未黃士俊榜
張翼明 宿州人有傳永誠衛籍庚戌韓敬榜
方震孺 壽州人有傳癸丑周延儒榜○通志作丙辰錢士升榜州志據史傳及年譜更正
劉繼吳 壽州人有傳己未莊際昌榜

庚子科
戴艮材 鳳陽人東昌府同知
侯得友 壽州人以上丙午科
阮崇湯 懷遠人德安縣知縣
周思訓 懷遠人吳橋知縣
余中立 定遠人○通志

子科
戚正邦 定遠人癸卯科
鄒思顏 臨淮人丙午科
戚元功 定遠人
陳治安 靈璧人以上乙卯科
戴鴻漸 鳳陽人世襲指揮使官蘇州守備
穆可進 定遠人以上戊午科

作立中

盛以恒 定遠人陝西籍

以上己酉科

戈向友 臨淮人有傳

周汝昌 懷遠人有傳

臧良弼 定遠人山東黃縣籍

方震孺 壽州人見進士

以上壬子科

高雲梯 壽州人

闕年

毛珍 臨淮人南京兵馬副指揮

張宏遠 懷遠人見進士

方震鼎 壽州人後改名鼎三科中式有傳通志作方鼎

李國枏 宿州人以上戊午科

闕年

莊天合 定遠人湖廣籍

孫懷行 定遠人武進籍

佴祺 定遠人雲南籍

盛以宏 定遠人陝西籍

陳鳴春 定遠人福建籍

張翼明 宿州人以上六人均見進士

天啟

盛明衡 定遠人 吏部主事

莫與齊 定遠人 廣東籍

陳三重 靈璧人 吉安知府 以上壬戌文震孟榜

盛明衡 定遠人 見進士

陳三重 靈璧人 見進士 以上辛酉科

周希賜 懷遠人 有傳

章奕 定遠人 有傳

王适 定遠人 雲南河西衛籍 元解

萬年策 定遠人 貴州平漢衛籍 以上甲子科

呼元吉 臨淮人 左所千戶○縣志作萬歷壬戌 按萬歷無壬戌 今依通志辛酉科

劉復生 壽州人 北榜 有傳 甲子科

闕年

王俊彥 壽州人 通志作王俊

崇禎

錢震瀧 鳳陽人 見通志

吳士講 定遠人 合肥籍 兵備道 通志有傳 以上辛未陳于泰榜

耿廷籙 定遠人 雲南籍

余中純 定遠人 韶州府同知 丁卯科

闕年

莫與齊 定遠人 見進士

宋無咎 懷遠人 鳳陽籍 ○通志作庚午科 鳳陽人 又見鳳陽縣志

蔣思宸 鳳陽人 有傳 癸酉科

沈培 定遠人 庚午科

楊偉勳 壽州人 癸酉科

趙完璧 臨淮人 鳳陽衛籍 丙子科

闞繼志 定遠人 壬午科

張德溥宿州人見通志
以上庚辰特用科史惇榜
夏洪佑壽州人有傳
陳調元宿州人山東濰縣籍行人
朱鼎延宿州人山東平度籍御史以上癸未楊廷鑑榜○按是年八月會試九月廷試

夏洪佑壽州人見進士
己卯科
梁泰來壽州人
夏人佺壽州人見國朝進士以上壬午科
闕年
錢震瀧鳳陽人
吳士講定遠人合肥籍
耿廷籙定遠人雲南籍
張德溥宿州人
陳調元宿州人
朱鼎延宿州人以上六人同見進士
年代未詳
趙之翰鳳陽人有傳見通志
李俊壽州人
王盛壽州人
徐士遠宿州人有傳見通志

闕年
胡遵夏壽州人
年代未詳
濮朝宗三科中式由長淮衛千戶官廟灣參將
姚伯童三科中式官陝西參將
陳守謙三科中式由留守左衛指揮官陝西都司
王家相由鳳陽中衛指揮官下江運糧把總
陳譽由鳳陽中衛舍餘官淮安軍門中軍
謝詔由留守衛千戶官浙江都司
孫世爵由留守衛千戶官中都留守僉事
莊應魁由懷遠衛指揮官廣東都司
張一正由懷遠衛千戶

官陝西都司

蔣瓚 由懷遠衛百戶官陝西參將

王嘉印 由鳳陽中衛百戶官東海把總

姜濟美 三科中式由鳳陽右衛百戶官參將以上十二人均鳳陽人

國朝府學

陳鼎雯 定遠人俊千子見通志乾隆壬辰吳鍾駿榜

孫家鐸 壽州人有傳道光辛丑龍啟瑞榜

孫家鼐 壽州人狀元現官禮部尚書同治己未榜

王士錚 定遠人建始知縣同治辛未梁耀樞榜

劉嶽秀 定遠人乾隆癸卯科

陳鼎雯 定遠人北榜見進士

嘉慶己卯科

方四知 定遠人北榜積子道光壬辰恩科縣志作辛卯

孫家鐸 壽州人兒進士道光己亥恩科

孫家鼐 壽州人北榜見進士咸豐辛亥恩科

許國忠 壽州人光緒壬辰科

王士錚 定遠人見進士

孫炳文 壽州人以上同治甲子科

蘇士貞 鳳臺人同治癸酉科

高樹常 靈璧人光緒乙亥○恩科

王勳臣 鳳臺人光緒壬午科

常夔龍 鳳陽人乾隆甲午科

余冠軍 鳳臺人咸豐壬子科學冊作甲子

陸士偉 懷遠人學冊作甲子

朱學章 鳳臺人以上同治癸酉科

李鴻標 壽州人壽春營守備

馮懷龍 鳳臺人以上同治丁卯科

周錦淮 鳳陽人

沈冠軍 鳳陽人

陳連元 懷遠人

葉家艮 壽州人學冊作癸酉

仇鎮淮 壽州人以上同治庚午科

吳可宗 鳳臺人

安殿魁 鳳臺人以上光緒己亥○恩科

廖振邦 鳳臺人

趙玉衡 鳳臺人以上光緒己卯科

楊正鵠 壽州人州志作乙酉

丁邦英 宿州人學冊作丙子以上

光緒壬午科
閔明德鳳臺人光緒乙酉科舉冊
壬午
張鴻逵宿州人光緒己丑恩科
學冊作戊子
巨金濤臨淮人
許國忠壽州人見進士
王振基鳳臺人
葛學彭鳳臺人以上光緒辛卯科
李甲三鳳陽人
李貫一壽州人
黃久安壽州人
廖益三鳳臺人
吳可興鳳臺人
高應元鳳臺人以上光緒癸巳
恩科
王棟元鳳臺人
吳家珍鳳臺人以上光緒甲午科

國朝

順治

戚艮宰 定遠人山東黃縣籍副使

孫自式 定遠人武進籍

劉允謙 壽州人有傳檢討

鄧旭 壽州人有傳以上丁亥呂宮榜

楊謨聖 懷遠人有傳

沈光啟 臨淮人青浦教諭

楊謨聖 懷遠人見進士

劉允謙 壽州人見進士以上乙酉科按通志是年十月初行鄉試

鄧旭 壽州人見進士丙戌科按通志以乙酉年道途梗

馬登雲 壽州人

李宏範 壽州人

王有光 宿州人福建游擊以上丙戌科

吳傑 定遠人西安守備

杜燮元 宿州人上元衛守備以上己丑科

李蘊 懷遠人山西渾源州

張其志 臨淮人第一名

楊培造 懷遠人有傳

張國正 懷遠人

李藻 懷遠人

施謨 懷遠人

吳傑 定遠人見進士

曾國正 定遠人

蔣功 定遠人按縣志吳

夏大佺 壽州人有傳以上己丑劉子壯榜按通志時以兩廣初定二甲授參議三甲授知府

安期運 定遠人江西籍乙未史大成榜

謝開寵 壽州人有傳己亥徐元文榜

劉馩 鳳陽人有傳

戚延錫 定遠人山東籍

塞士子後期始至特恩重舉鄉試科

李式 定遠人見進士辛卯科

劉馩 鳳陽人見進士

謝開寵 壽州人見進士

周文郁 壽州人見進士

顧佐 壽州人

金用乾 壽州人慶雲知縣以上甲午科

都司

馮應詔 懷遠人山西提標都司

牛國用 壽州人

張五美 宿州人廣東守備

丁舌泰 宿州人有傳以上乙未科

韋國鼎 定遠人廣東鹽道標守備戊戌科

曾蔣三人均作乙卯今依通志

馬登雲 壽州人見進士

侯永允 壽州人

陶爾純 壽州人

李宏範 壽州人見進士

沈殿邦 宿州人

趙印邦 靈璧人以上乙酉科

徐自強 定遠人

吳廷瑞 定遠人

李式 定遠人昌化知縣以上辛丑馬世驗榜

葉甲 鳳陽人口口籍丁酉科

闕年

戚良宰 定遠人見進士

孫自式 定遠人見進士

夏人佺 壽州人見進士

安期運 定遠人見進士

戚延錫 定遠人見進士

吳自道 定遠人

黃中道 壽州人

李取公 壽州人

詹從周 壽州人

張泰采 宿州人

陳振翔 宿州人

桑雲漢 宿州人

左文乾 靈璧人太原守

備以上戊子科

李蘊 懷遠人見進士縣志

作甲午科今依通志

陶堯夫 壽州人通志夫作夫

龍乘時 壽州人守備

權可遇 壽州人廬州都司

梁佐 壽州人

鮑三錫 壽州人

李日昇 壽州人

王夢求 宿州人以上辛

卯科

馮應詔 懷遠人見進士

何蘊嘉 懷遠人陝西靖遠衛千總

吳挺 定遠人

李昌 壽州人

沈震 壽州人

黃中俊 壽州人

靳允 壽州人

牛國用 壽州人見進士

馬之騄 壽州人州志騄作鏆

平居易 壽州人

沈振邦 宿州人

魏華 靈璧人鳳陽後衛千總

高略 靈璧人以上甲午科

胡一正 懷遠人

韓傑 宿州人

李如桂 靈璧人以上丁

康熙

周文郁　壽州人州志郁作都今依通志
庚戌蔡啟傳榜
丁易　宿州人河南籍廣東觀察使己未
歸允肅榜
孫振　定遠人武進籍
俞化鵬　壽州人有傳以
上辛未戴有祺榜

賀著　壽州人邳州學正乙卯
科
孫謀　定遠人武進籍戊午武
科
王溥　定遠人知縣甲子科
方遂　壽州人有傳丁卯科
俞化鵬　壽州人北榜見

陳奇智　靈璧人碭石衛守備甲
辰科
李斌　靈璧人癸丑科
姚際泰　懷遠人有傳
李夢賚　鳳陽人丹山衛守
備
孫韜　懷遠人以上甲戌科

酉科
薛偉　宿州人庚子科
楊德基　定遠人
陳獻策　靈璧人以上癸
卯科
尚欽　鳳陽人丙午科
王基　鳳陽人
尚濤　鳳陽人
李夢賚　鳳陽人見進士

宮建章　懷遠人吏部郎中庚辰
汪繹榜
方一韓　壽州人有傳又見鳳臺志己
丑趙熊詔榜
田大璽　鳳陽人永安知縣乙未徐
陶璋榜

進士庚
午科
張御衣　壽州人常熟教諭癸
酉科
宮建章　懷遠人見進士
李佺　懷遠人有傳以上丙
子科
張部　鳳陽人據通志增
李滋霖　懷遠人有傳
游杏苑　壽州人合肥教諭以上
已卯科

沈輔邦　宿州人廣州衛守
備

彭程　鳳陽人
丁心亮　宿州人
沈純臣　宿州人以上壬
子科
戚俊　定遠人
謝大任　壽州人守備以
上戊
午科
姚際泰　懷遠人見進士
吳璸　定遠人通志璸作斌
袁管　壽州人守備以上辛

孫基 鳳陽人

方一韓 壽州人 見進士 以上乙酉科

田大璽 鳳陽人 見進士

淩燾 定遠人有傳 以上癸巳恩科

張平 鳳陽人 見進士

李銓 鳳陽人 通志銓作佺

陳世忠 臨淮人 以上庚子科

闕年

丁易 宿州人 見進士

孫振 定遠人 見進士

酉科

汪長春 鳳陽人

尹鉞 臨淮人

孫韜 懷遠人 見進士

魯安泰 定遠人 以上甲子科

蕭秉茂 定遠人

楊六猷 定遠人

趙紹芳 宿州人

周文王 壽州人 通志周作胡 以上丁卯科

趙廷爵 宿州人 癸酉科

葛士英 壽州人 己卯科

王鎬 壽州人 乙酉科

張化 壽州人

蘇文 壽州人 以上癸巳恩科

李鐸 鳳陽人 丁酉科

湯錫晉 懷遠人

常恕 懷遠人

雍正

宮建極懷遠人甲辰科
按通志是年補行癸卯科二月鄉試八月會試

常忠懷遠人以上庚子科
闕年
沈輔邦宿州人
陳奇智靈璧人
李斌靈璧人以上均見進士
蔡自植壽州人癸卯恩科按通志是年四月鄉試九月會試

屈軼懷遠人
趙紹頤宿州人河南籍以上丙午科
方簡懷遠人見進士
傅家驄靈璧人以上壬子科
張錫純宿州人常熟教諭乙卯科

方顯壽州人
王丕顯壽州人
李麟壽州人
陳夢麟宿州人通志陳作程以上丙午科
劉維艮宿州人己酉科
方煇壽州人壬子科
宋元俊懷遠人見進士
丁元度宿州人以上乙卯科

方簡 懷遠人庶吉士附子惲傳作楊姓丙辰金德瑛榜

蔡强 鳳陽人

蕭比捷 定遠人有傳以上戊辰梁國治榜

何燧 鳳陽人懷安知縣辛未吳鴻榜

方燁 定遠人有傳壬辰金榜榜

褚書 鳳陽人辛卯會試賜檢討銜

蔡强 鳳陽人北榜見進士

徐邵成 宿州人河南籍寶豐教諭

徐桂 靈璧人以上丙辰恩科

彭商獻 鳳陽人有傳

張德成 宿州人河南籍以上戊午科

宋元俊 懷遠人有傳丙辰科

王大壯 懷遠人有傳庚辰恩科

蔡占魁 臨淮人癸未科

徐大鵬 靈璧人有傳戊戌科學冊作辛卯

蔡英 懷遠人衛守備

郝鵬 壽州人松江營千總

丁樂止 宿州人

丁偉棟 宿州人通志偉作維以上丙辰恩科

朱以臨 鳳臺人戊午科

陶大年 壽州人

朱三元 壽州人

王丕讃 壽州人

陶崑 壽州人以上辛酉科

王漣 定遠人辛酉科

邵英人 懷遠人

孫自箴 定遠人武進籍以上甲子科

蕭比捷 定遠人見進士

鄧宗源 壽州人有傳以上丁卯科

何燧 壽州人見進士庚午科

韓泗 臨淮人德安知縣壬

朱鳳儀 壽州人安南營游擊

朱佺 壽州人以上甲子科

邵成烈 臨淮人

薛傳仁 壽州人有傳

陶簡 壽州人以上丁卯科

馮耀德 鳳陽人

賈定邦 臨淮人

王克家 懷遠人

崔鐸 懷遠人

申科
陳叙典 鳳陽人衛籍癸
酉科
張宗義 定遠人雲南定
遠知縣
李來儀 定遠人碭山訓
導以上丙子科
楊選 鳳陽人衛籍有傳恱
遠志亦載今依通志
吳之員 臨淮人太湖訓
導
方煒 定遠人北榜見進士
李璧 定遠人桂平知縣以
上己卯科
蕭松筠 定遠人高淳訓
導
程永昂 壽州人有傳以
上乙酉科
楊步超 懷遠人有傳
李錦文 定遠人有傳以

崔增 懷遠人
薛傳義 壽州人
解丕顯 鳳臺人以上庚
午科
崔班 懷遠人壬申恩科
王大壯 懷遠人見進士
張天琦 壽州人
余鑣 壽州人
張蘊韜 宿州人
武瑛 宿州人以上癸酉科
周紹武 定遠人東昌衛
千總
楊岱 壽州人青村營都司
權駿 鳳臺人有傳又見壽
州志以上丙子科
許怡 鳳陽人鎮江千總
孫蟠龍 鳳陽人
李鳳儀 鳳陽人
胡權 懷遠人千總
聶昭 壽州人

光緒鳳陽府志 卷七 選舉表

上戊子科
熊重球 鳳陽人
方 申 壽州人有傳
　黄科
劉雲從 靈璧人見通志
辛卯科
孫是蘭 鳳陽人
鄭 重 鳳陽人
張玉田 臨淮人
楊大受 定遠人蕭縣訓

導
陳廷襄 定遠人北榜
馮濟川 壽州人
吳治平 宿州人
丁酉科
導以上
宮楷傳 懷遠人己亥
恩科
宋蘭庚 懷遠人子科
吳溶 懷遠人有傳
楊新蘭 懷遠人有傳

楊鳴儀 鳳臺人以上乙
卯科
王嵩山 鳳陽人興武衛
千總
鄭昌榮 懷遠人江陰守
備
穆攀鳳 定遠人千總以
上庚辰恩科
蔡占魁 臨淮人見進士
楊士僑 懷遠人

作
李韻才 潁州通志
張若韓 壽州人
袁可傳 壽州人
陸夔龍 定遠人
陸清遠 定遠人
祁永配 懷遠人
王大經 壽州人
朱鳳鈴 壽州人又見鳳
臺志州志作乙
卯縣志作乙酉

郭世安　鳳臺人有傳以上己酉恩科
楊如蘭　懷遠人有傳
閔長育　懷遠人上元教諭通志作上元知縣以上壬子科
方義門　懷遠人
楊醕一　定遠人霍山訓導
劉桐　宿州人以上甲寅恩科
楊元亮　懷遠人見進士
朱鸞書　定遠人北榜雷州同知
李東暇　靈璧人有傳以上乙卯恩科

今依通志以上壬子科
羅世斌　鳳陽人
朱大懷　壽州人
熊蕙　壽州人
馬淮　壽州人
楊大壯　鳳臺人第一名又見壽州志
朱廉　鳳臺人又見壽州志通志朱作宋
陶定國　鳳臺人以上乙酉科
王振綱　鳳陽人
李超　鳳陽人
郭盛隆　臨淮人
吳世纓　壽州人又見鳳臺志
王興邦　宿州人
耿向清　宿州人以上戊子科
常同仁　鳳陽人

張攀桂 臨淮人

胡磊 壽州人

陶崙 壽州人

常泰 鳳臺人又見壽州志

鄭剛 宿州人

徐大鵬 靈璧人見進士

以上庚寅恩科

王振紀 鳳陽人

馬元龍 鳳陽人

崔冠軍 懷遠人

唐恂 鳳臺人又見壽州志

以上辛卯科

李高 鳳陽人

何士全 懷遠人

黃從義 壽州人

朱第 壽州人

朱元振 壽州人阜陽把總

陶長春 壽州人

王雲翽 鳳臺人又見壽

州志通志翔作祥以上甲午科

金奎懷遠人歙江督標千總

顧華春壽州人

吳綱定遠人以上丁酉科

蔡紫庭懷遠人衛千總

李冠倫定遠人

穆攀龍定遠人

胡廷春壽州人通志春作椿

李鳳儀壽州人又見鳳臺志作癸酉以上已亥恩科

蔡永清懷遠人有傳

陸懷王定遠人

陳騰蛟定遠人

張大有壽州人以上庚子科

朱岱壽州人廣西都司更名長慶

魯長清壽州人有傳

王瑞麟 廬州人廣東守備

楊秉毅 壽州人

尖廷標 鳳臺人又見壽州志以上癸卯科

王鵬 臨淮人

雷鳳臺 懷遠人

高大懷 懷遠人

李孔清 壽州人

裴朝綱 壽州人

余奠邦 壽州人以上丙午科

鄭飛熊 懷遠人

年萬春 懷遠人

張大勳 壽州人

張佑溪 鳳臺人副將

胡賓賢 鳳臺人又見壽州志賓作保以上戊申科

楊秉禮 定遠人

胡寶凝 壽州人通志凝

作甯

朱錦章 壽州人阜陽把總

曹永清 壽州人

王立綱 鳳臺人

胡廷春 鳳臺人通志椿作春

陳保林 鳳臺人縣志作乙酉誤以上己酉恩科

蔡鵬 懷遠人定遠千總縣志作嘉慶辛酉今依通志

楊士標 壽州人

朱鳳輝 壽州人以上壬子科

徐大壯 定遠人

王鳳臺 定遠人

穆逢春 定遠人

李朝幹 壽州人

李萬春 壽州人

張振清 壽州人以上甲

嘉慶

楊元亮 懷遠人知縣

張希濂 壽州人知縣以上壬戌吳廷琛榜

凌泰交 定遠人貴東兵備道

陳俊千 定遠人臺灣知

張希濂 壽州人見進士

楊光啟 靈璧人見進士

陳華祝 宿州人會試賜檢討銜以上戊午科

陳俊千 定遠人見進士

張純修 宿州人以上庚

程冠甲 鳳臺人辛未科

劉大鵬 定遠人湖北守備丁丑科

王恩啟 臨淮人通志云縣志列戊寅今依光緒縣志作己卯恩科

寅恩科

胡廷標 懷遠人衛千總乙卯恩科

雷國慶 懷遠人

韓得元 懷遠人

米青雲 宿州人臨淮把總

陶振邦 壽州人直隸河屯營都司以上戊午科

府以上乙丑彭浚榜

宮煥 懷遠人侍講

徐江 定遠人南豐知縣以上戊辰吳中信榜縣志作乙丑彭浚榜誤

凌泰封 定遠人榜眼有傳丁丑吳其濬榜

王錦雯 鳳陽人有傳

方玉璪 定遠人郎中以上己卯恩科陳沆榜

申恩科

方紹董 懷遠人縉雲知縣

陳撤 定遠人北榜賓應教諭通志作賓應知縣

余鴻祖 壽州人北榜有傳以上辛酉科

朱衣點 鳳陽人北榜青浦教諭升用知縣

宮煥 懷遠人見進士

徐捷 靈璧人官至九江總兵己巳科

王冠華 宿州人

王瑞清 壽州人

楊錦標 鳳臺人六安把總又見壽州志以上庚申恩科

吳廷驤 懷遠人

李鴻圖 定遠人鄖陽守備

王鳳翔 定遠人

丁學鵬 壽州人潁上把

宮恩晉懷遠人雲南太和知縣庚辰陳繼昌榜
林德奎懷遠人北榜
凌泰封定遠人見進士
徐江定遠人見進士
凌泰交定遠人見進士
張汝敲壽州人昌黎知縣
劉沈少鳳臺人又見壽州志
張敦厚懷遠人會試賜檢討銜

總
尹榮冠壽州人以上辛酉科
鄭元龍鳳陽人
張熊飛懷遠人有傳
徐文彪定遠人
楊雲峯壽州人
陶振鵬壽州人以上甲子科
李咸揚壽州人三江營

孫素懷遠人會試賜檢討銜以上甲子科
方紹范懷遠人
王汝蘭鳳陽人臨榆知縣通志作壽州人
沈祖德靈璧人有傳以上丁卯科
方士淦定遠人有傳戊辰召試中式
何步斗懷遠人北榜

守備
楊廷標壽州人太和把總
朱楹壽州人
陳保凝壽州人
柏安邦鳳臺人壽春守備又見壽州志以上丁卯科
王鑾臨淮人
楊宗詔懷遠人
尹騰霄壽州東平所人

張廷琳定遠人知縣
劉志本鳳臺人又見壽州志以上戊辰科
王錦雯鳳陽人見進士
林鼎奎懷遠人
楊保太懷遠人
陳鑑宿州人會試賜檢討銜以上庚午科
陳鳳臺鳳陽人
曹襄壽州人原名好清河

千總通志作宿州人
徐捷靈璧人見進士
程冠甲鳳臺人見進士
以上戊辰恩科
陶振清壽州人
侯震乾鳳臺人以上庚午科
楊桂叢壽州人把總
邊長慶壽州人
楊名標壽州人

敎諭又見鳳臺志作乙酉科
王會壽州人
馮學賢懷遠人會試賜國子監學正銜縣志列甲戌
王璥定遠人恩賜以上癸酉科
陳靖生定遠人
方玉璪定遠人見進士
以上丙子科
李恂鳳陽人漢陽知縣

秦懷斌宿州人通志作壽州人誤以上癸酉科
吳逢春臨淮人
劉大鵬定遠人見進士
以上丙子科
李金榜定遠人
湯貫甲鳳臺人
馬煥章宿州人以上戊寅恩科
張殿甲壽州人壽春營

縣
方錫誥 定遠人雒容知縣
凌志召 定遠人有傳
王鍔 鳳臺人以上戊寅恩科
柳增義 鳳陽人潁州教授
宮思晉 懷遠人北榜見進士
宮爾錫 懷遠人有傳

千總
朱淮源 壽州人有傳以上己卯科
闕年
王恩啓 臨淮人見進士

道光
劉志本 鳳臺人有傳

縣
王會圖 定遠人江蘇知縣
王磐 定遠人敎諭
陶杰 定遠人
凌泰來 定遠人北榜和州敎諭
方銘彝 定遠人北榜主事以上己卯科
王恩沛 臨淮人見進士

許錦堂 鳳臺人許作徐
杜文琦 定遠人

又見壽州志丙
戌朱昌頤榜
方鍇 定遠人庶吉士
丁彥儔 宿州人河南籍
員外郎以上己
丑李振鈞榜
王恩霈 臨淮人高安知
縣通志作
鳳陽人誤
楊文定 定遠人江蘇巡
撫以上癸巳
恩科汪鳴相榜
劉嘉嗣 定遠人
余士璪 鳳臺人有傳又

沛作
霈
年順行 懷遠人有傳
何錫九 定遠人有傳
方玉達 定遠人北榜高
明知縣
方鍇 定遠人北榜見進士
余士璪 鳳臺人北榜見
進士以上辛
巳恩科
李洪青 鳳臺人附李暎
淮
傳

又見壽州
志丙戌科
蘇宏韶 鳳臺人有傳戊
戌科
馮清標 宿州人甲辰科

張懷義 壽州人有傳又
見鳳臺志
湯若標 鳳臺人
陳文韶 鳳臺人有傳
張廷標 鳳臺人有傳以
上辛巳
恩科
穆廷弼 壽州人
聶泗傑 壽州人以上壬
午科
水躍龍 臨淮人

見壽州志以上
乙未恩科劉
繹榜
孫家艮 壽州人有傳丙
申林鴻
年榜
潘繡 懷遠人有傳
孫家澤 壽州人有傳以
上戊戌鈕
福保榜
方銘賢 定遠人直隸知
縣庚子李
承霖榜
方濬頤 定遠人四川按

仲貽清 宿州人以上壬
午科
楊文定 定遠人見進士
劉嘉嗣 定遠人見進士
方銘賢 定遠人見進士
陸大燊 靈璧人霍山訓
導以上
乙酉科
閔士暄 定遠人宣城教
諭
李應詔 壽州人有傳通

霍振邦 定遠人
王宗武 宿州人
朱滙源 壽州人有傳
余扶輪 壽州人有傳
許錦堂 鳳臺人見進士
以上己
酉科
楊千城 懷遠人有傳
楊兆奎 定遠人見通志
徐俊傑 定遠人見通志
楊桂岑 壽州人

察使甲辰 孫毓桂榜
林之望 懷遠人 湖北布政使
姚玉田 懷遠人 有傳
何廷謙 定遠人 有傳以上乙巳恩科蕭錦忠榜
陳鍾芳 定遠人 有傳
孫家醞 壽州人 有傳以上丁未張之萬榜
何開泰 鳳陽人 有傳

亦作定遠人
孔興詹 壽州人 以上戊子科
楊榮生 懷遠人 有傳
湯若旬 懷遠人 有傳通志旬作荀
汪用中 懷遠人 見通志 又見旌德志 以上辛卯科
林士鉁 懷遠人 有傳
陳薪翹 定遠人 知縣

許錦標 壽州人
張安邦 鳳臺人 又見壽州志
葛貫武 宿州人 靈璧千總以上戊子科
陳煥文 鳳陽人 存城把總
崔殿颺 懷遠人
米含英 壽州人
王殿邦 靈璧人 以上辛

張瑞珍 壽州人 兵備道 以上庚戌陸增祥榜

王立功 靈璧人 霍邱教諭以上壬辰恩科
楊沅 鳳陽人北榜見通志
林士班 懷遠人 補用道
方錫朋 定遠人
江有聲 定遠人 經魁
陳燮 定遠人 有傳
劉超羣 定遠人
徐恩保 定遠人 北榜
凌樹棠 定遠人 北榜有

卯科
劉冠英 壽州人
陳之鏜 壽州人○州志云通志作芝堂誤以上壬辰恩科
張國祥 臨淮人
王金波 定遠人 見通志
許景軒 鳳臺人 又見壽州志以上甲午科
李鵬飛 定遠人 見通志

傳

孫家良（壽州人北榜見進士以上甲午科）

潘繡（懷遠人見進士）

王文勳（懷遠人有傳）

孫家澤（壽州人見進士）

孫樹楠（壽州人北榜有傳州志楠作南今依通志又見鳳臺志以上乙未恩科）

柳坤厚（鳳陽人有傳）

穆應鑾（定遠人採訪冊依丁元應作映）

楊球（定遠人見通志）

劉錦成（定遠人見通志）

蘇炳南（壽州人）

周鎮邦（壽州人附朱淮朋傳）

王鎬（鳳臺人）

蘇宏韜（鳳臺人見進士）

馮振標（宿州人夏鎮守）

何廷謙（定遠人見進士）

方汝翊（定遠人北榜宣化知縣）

陳鍾芳（定遠人宛平籍北榜見進士以上丁酉科）

方錧（定遠人巢縣教諭）

方濬頤（定遠人北榜見進士）

劉本忠（壽州人有傳以上己亥恩科）

備以上乙未恩科

張國慶（定遠人見通志）

劉冠甲（鳳臺人又見壽州志以上丁酉科）

馮清標（宿州人）

秦鳳臺（宿州人）

孟昭潔（宿州人州志潔作傑今依通志）

強萬年（靈璧人以上己亥恩科）

張瑞珍 壽州人見進士

庚子科

陳盤書 臨淮人

韓承宣 懷遠人通志宣作先有傳

姚玉田 懷遠人見進士

陶茂勳 定遠人

蔣兆麒 定遠人通志麒作祺以上癸卯科

林之望 懷遠人第一名

劉國樑 鳳陽人見通志作鳳陽府人府字當是縣字之訛

侯金章 宿州人以上庚子科

張人沛 壽州人有傳

朱佩芝 壽州人有傳以上癸卯科

王捷三 宿州人

蘇宏志 鳳臺人

見進士

魏金盤 懷遠人

凌煥 定遠人北榜有傳以上甲辰恩科

熊賢醕 鳳陽人

何爾泰 鳳陽人

戴文海 臨淮人

趙懷芳 壽州人蒲州同知

孫家醕 壽州人北榜見

徐樹芬 鳳臺人蒙城守備又見壽州志

周敬修 靈璧人以上甲辰恩科

郭清標 壽州人雲南參將後改臨淮籍

張思忠 壽州人

張時中 鳳臺人

李東曉 宿州人

周鳳翔 靈璧人以上丙

進士以上
丙午科
何崧泰 鳳陽人見進士
何開泰 鳳陽人見進士
林之沆 懷遠人北榜迺
志沆作沆
陳志培 定遠人江西道
周成璋 定遠人江蘇知府
凌樹荎 定遠人北榜有傳

午科
高應垣 壽州人
蘇正典 壽州人
吳天喜 鳳臺人
蘇宏興 鳳臺人
李鳳臺 宿州人
王聯元 宿州人
以上己酉科

咸豐
何崧泰 鳳陽人直隸州知州候補道
張錫嶸 靈璧人有傳癸丑孫如僅榜
孫家穀 鳳臺人有傳又

翟秉鈞 宿州人以上已酉科
年代未詳
丁彥儔 宿州人見進士
萬葉封 鳳陽人太倉知州
李漢章 鳳陽人北榜南鄭知縣
朱士型 臨淮人直隸州

李崇蘭 臨淮人
丁安邦 宿州人河南籍
孟貫三 宿州人以上辛亥恩科
汪海潮 鳳陽人

見壽州志丙辰翁同龢榜

知州通志作鳳陽人

戴文治 臨淮人通志作鳳陽人誤

周汝金 壽州人

馬蔭遠 壽州人附父從清傳

鄒常泰 壽州人北榜有傳

方成一 鳳臺人又見壽州志以上辛亥恩科

陸士元 懷遠人

孫宗武 懷遠人

劉錦城 定遠人

吳清標 鳳臺人有傳

徐凱清 宿州人見通志

以上壬子科

李德新 鳳陽人

何鎔 懷遠人有傳

孫家懌 壽州人北榜刑部員外郎

孫家穀 鳳臺人北榜見進士

張錫嶸 靈璧人北榜見進士以上壬子科

吳式訓 鳳陽人見通志

方濬師 定遠人北榜以

同治

謝駿聲定遠人惠民知縣乙丑崇綺榜
林之升懷遠人禮部主事通志作懷甯人誤
方汝紹定遠人鴻臚侍少卿以上戊辰洪鈞榜
孫家穆鳳臺人戶部主事又見壽州志

上已未恩科
萬葉松鳳陽人兩淮鹽大使
李澄泉定遠人直隸懷安知縣
凌兆熊定遠人見進士
王嘉樹定遠人
謝駿聲定遠人見進士
俞泉壽州人無為州學正

邱長山壽州人又見鳳臺志甲戌科

嚴開榜鳳陽人
朱錫章鳳陽人
郭向榮臨淮人
郭則樑臨淮人見進士
沈錫爵壽州人
李兆祥壽州人以上丁卯科並補咸豐乙卯
趙鳳城鳳陽人

高思涵靈璧人以上辛未梁耀樞榜
宋安書定遠人知縣甲戌陸潤庠榜

劉濬文壽州人以上甲子科並補咸豐戊午
唐際盛鳳陽人建德教諭
李楨鳳陽人
胡仲森臨淮人教諭
王廷烋臨淮人廣西知縣
林之升懷遠人見進士
范懷德懷遠人

趙鳳翔鳳陽人
孔化鵬懷遠人
周名揚懷遠人
程殿元懷遠人
姜茂林懷遠人
楊紹春定遠人
張光化宿州人
高光理鳳臺人見進士以上庚午科並補行咸豐戊午科

宋植章 懷遠人

林之焜 懷遠人北榜陝西知縣

米金鏞 定遠人

方汝紹 定遠人北榜見進士

孫傳銘 壽州人合肥教諭

孫傳璧 壽州人教諭

孫佩芝 壽州人

胡邦達 懷遠人

孫廷標 懷遠人

孫邦傑 懷遠人

周樑材 懷遠人

胡邦治 懷遠人

陳在相 懷遠人

陳在邦 懷遠人

郁正邦 懷遠人

李殿元 懷遠人

李道五 定遠人

孫家錫 壽州人辛酉北榜撫甯知縣

薛鼎元 壽州人附傳

馬家芳 宿州人巢縣訓導

高思純 靈璧人通志云更名思涵見進士以上丁卯科並補行咸豐辛酉科

朱恩照 壽州人

孫家穆 鳳臺人北榜見

李殿魁 定遠人

吳漢章 壽州人

邱長山 壽州人見進士

吳廷璋 鳳臺人

杜文魁 宿州人以上癸酉科並補行咸豐己未恩科

胡建樞 鳳陽人沂州府知府
許鳴盛 懷遠人
范錫恭 定遠人見進士
凌夢魁 定遠人西平知縣
何維楷 定遠人有傳
宋安書 定遠人見進士
蕭錫雯 定遠人
鮑德俊 鳳臺人北榜又見壽州志以上癸酉科

光緒

凌兆熊 定遠人蘄州知州丙子恩科曹鴻勛榜
許鳴盛 懷遠人
邵心豫 宿州人刑部主事以上丁丑王仁堪榜
宋嘉炳 懷遠人丙戌榜
方芾林 定遠人中書

周丙炎 定遠人東平州判
孫榮先 壽州人教諭
邵心豫 宿州人見進士
邵心艮 宿州人刑部主事
胡葉新 臨淮人通志作鳳陽人誤

郭則樑 臨淮人營守備
吳定國 壽州人通志吳作莫誤又見鳳臺志
高光禮 鳳臺人營守備
以上丁丑科
吳寶祺 壽州人清江營都司又見鳳臺志庚辰科
郭錦堂 臨淮人

袁開泰 懷遠人
楊殿臣 懷遠人
陳在鼇 懷遠人
楊厚之 壽州人
沈錫三 壽州人見進士
吳寶祺 壽州人見進士
吳定國 壽州人見進士
費扶邦 鳳臺人又見壽

授
范錫恭 定遠人甯國教授
孫傳奭 壽州人刑部主事以上癸未陳冕榜
方燕年 定遠人總理章京乙丑榜
孫多玢 壽州人編修庚寅榜
田庚 懷遠人編修改江蘇知府
范國良 懷遠人禮部主事以上乙未駱成驤榜
凌福勳 定遠人庶吉士鄉榜名泗戊戌夏同龢榜

楊黼榮 懷遠人第一名
姚延祺 懷遠人
陳衍清 定遠人知縣
方苐林 定遠人北榜見進士
孫家聲 壽州人江蘇知縣
石巍然 壽州人教諭以上丙子科
柳錢 鳳陽人北榜
李樹蕃 宿州人撥隸渦陽以上己卯科
田庚 懷遠人見進士
周爾潤 定遠人太平教諭
王士琇 定遠人湖南知縣
楊學淇 定遠人北榜
孫傳奭 壽州人見進士
陸建章 壽州人又見鳳

廖振鈞 壽州人又見鳳臺志
沈錫三 壽州人又見鳳臺志以上癸未科通志作丁酉誤
鄧洛庭 壽州人花翎侍衛丙戌科
洪殿魁 壽州人己丑科
郭冠軍 臨淮人
郭義林 臨淮人以上甲午科
胡殿元 定遠人戊戌科

州志以上乙亥恩科並補咸豐辛酉科
王鳳儀 鳳陽人
葛殿元 鳳陽
趙鳳魁 鳳人
楊名著 懷遠人
楊安國 懷遠人
朱振盛 懷遠人
宋連陞 懷遠人
孫廷良 懷遠人
吳茂林 定遠人
門學智 壽州人
費定邦 壽州人通志作費黃
張雲鵠 壽州人又見鳳臺志以上丙子科並補咸豐壬戌恩科
郭錦堂 臨淮人見進士
廖振鈞 壽州人見進士
廖振鵬 壽州人又見鳳

臺志以上壬午科

方孝傑 定遠人北榜乙酉科

方燕年 定遠人見進士

孫傳兖 鳳臺人北榜直川同以上戊子科

柳汝藩 鳳陽人合肥教諭

范國良 懷遠人見進士

陳謹增 定遠人

臺志以上己卯科

鄧洛庭 壽州人見進士

李慶珍 壽州人以上壬午科

許錦春 鳳臺人又見壽州志

黃壽仁 鳳臺人又見壽州志

吳可傳 鳳臺人以上乙酉科

鈕躍龍 定遠人和州學正

孫多玢 壽州人見進士以上己丑恩科

孫多掟 壽州人第一名

孫傳⿰木鼎 壽州人

孫傳綺 壽州人

孫多鑫 壽州人以上辛卯科

方燕庚 定遠人

洪殿魁 壽州人見進士

王鴻勳 壽州人以上戊子科

黃殿安 壽州人

王同文 壽州人以上己丑恩科

郭鴻昌 臨淮人

郭冠軍 臨淮人見進士

黃磐安 壽州人

胡錦章 鳳臺人

何維楷 定遠人北榜
朱正本 壽州人北榜河南知縣
王慶洛 壽州人
龍曜樞 壽州人以上癸
巳恩科
何雲蔚 鳳陽人河南知府
凌泗 定遠人見進士
顧堯階 壽州人

陶鴻知 鳳臺人
吳鴻寶 靈璧人以上辛
卯科
郭義林 臨淮人見進士
鮑蘭生 壽州人
王明彩 壽州人
王金麟 壽州人
臧殿甲 壽州人以上癸
巳恩科
郭俊昌 臨淮人

韓紱 壽州人以上甲午科
鈕廷培 定遠人丁酉科
闕年
宋嘉炳 懷遠人見通志

王廷棟 臨淮人
沈殿臣 壽州人
廖鴻鈞 壽州人
陳化龍 鳳臺人以上甲
午科
陳安邦 鳳陽人
胡殿元 定遠人見進士
以上丁酉科
年代未詳
黃金門

鄭元能

常同義

常清正

趙金臺

邵下

常鵬以上鳳陽人

胡銓懷遠人

穆延春定遠人

卞霖

夏枚

蒲芹

方澄以上壽州人

五貢表

明

府學鳳陽

沈南 正統三年 汀州推官 徐祥 景泰四年 縣丞 趙俊

周璠應 嘉靖歲貢萬安 簡通志作臨淮人 周洛都 通志作臨淮人 戴良材

臨淮

周佐 青州通判 劉順 周鏞 以上 正統歲貢 陸瑀 李暕

懷遠

宮寬 洪武恩貢歸安丞 蘇最 慶元丞 徐敷 山西行都指揮司都事

定遠

欒幹 交阯知縣 盛思道 汝州知州 戴祥 交阯知縣 高友聞

壽州

屠整 知府 彭誠 童禮 王驥 張琚 疏冕 葛文

宿州

王昇 袁州知府 陳福 以上有傳 洪武歲貢 孟芳 福建鹽運司 李顒 御史 光緒州志作李裕

靈璧

王守謙 嘉靖歲貢有傳 高夢弼 選貢 通志弼作璧年分未

天順元年 知縣 謝春 天順六年 訓導 馮誌 成化三年 吏目 高賢 成化十年

以上二人萬歷選貢均見舉人 何陛 有傳 崇禎選貢 孫永謨 選貢吉水知縣 年分未詳 張福 延平通判 刁昊

施惠 姚禎 陸昊 金震 以上景泰歲貢 章闓 陸通 吉安千戶所吏目 潘忠 張儀 有傳

沈恂 江山 知縣 尹棋 通志作尹祺 洪正定通判 高謙 聞李 正定通判以上洪武歲貢 陸紳

江西布理問 宣鎮 以上洪武歲貢 王驥 清平知縣 彭明 太原同知明一作昭 劉節 按僉事 馬馴 通志

許進 王昌 戴興 李華 張忠 龐用 殷浩 許質 張紀 沈和

陳斌 瑞州同知 魏爾 鄭府舍人 通志作魏國永誤 黃政 遇例冠帶 陳俊 劉玉 于淵 嘉興知事 王濬 繁峙巡檢 王忠 天今衛經歷

詳 楊冀 安 莊敬 朱敬 于傑 張貫 王騮 陳詢 高密知縣

縣丞 霍良輔正德五年主簿 張珣正德十四年訓導以上八人均由定遠縣學撥入未

刁冕烏程丞 胡誠平陽府同知 張珪 陳瑄饒州府通判 黃信 朱昉郴州府推官

以上天順歲貢 王顯掖縣知縣 賈紀 夏璉麗水教諭通志作夏槤 岳俊綿州吏目縣志綿作錦

魏福 張茂思恩同知 吳英泰寧丞 何讓崇寧丞 富珍永州教諭 陳珏山西

作馬訓 徐釗 陳斌 朱彬 費雝 楊璉有傳通志作楊槤 潘瑾有傳 吳瑶寧夏衛教授

孫諒 周政 徐璠以上洪武歲貢 馬榮 蔣昇 王瑱通志瑱作塡 孫海 王弼

陳協易州訓導 陳傑辰州推官 开興西安知縣 許文蔚太僕寺簿 成銓獻縣丞 郭愚隨州吏目以上永樂歲貢 張厚洪熙歲貢淶水知縣通志作涑

通志陳作市誤 韋茂南京戶科給事中 王耀睢陽衛經歷 張鼎富陽簿

分何貢 顧震 王敬 張瑀湖廣布理問 高宏樂平知縣 張以庸鴻臚

馬振桐鄉丞 吳紹谿州判 呂鑑永寧簿通志作茌平簿 顧斌長蘆鹽經歷 蔣盛茌平

李英新城訓導 闞安金鄉教諭 馮春金鄉經歷 吳斌陽武訓導 張鏞陳州訓導

行都司知事 黃銓金華訓導通志作經歷 姚甯金華經歷 葉鑑以上成化歲貢 史達 朱輻

侯忠南京戶部員外郎 張繼宗有傳 馮榮濰縣知縣 陳宗 程遜海豐縣簿 楊懋館陶

虞正 合轍以上建文歲貢 張祐祐一作佑 孫瑀 張傳 劉詔 孫序 俞鼐 王產

水 郭景文灤州判 闞亮南京錦衣衛經歷 任用南京吏科給事中 時習 劉節南陽照磨 李賢遼府典寶

張鵬辰州檢校 徐智萊陽丞 莊端沔州經歷通志溫作濕誤 曹端隰州吏目

寺序班　海岱射洪知縣　楊義江夏丞　潘友　才　沈瓘甯化簿　王卿
簿　周海貴州　經歷　朱杲長官　司吏目　陳良鄉縣　知縣　李森王府　典膳　李鼎
訓導　盧濬陽武　吳諒零縣　知縣以上成化　歲貢　沈進陵川　教諭　陳瑄　王暘寶豐　訓導
何賢　湯讓　周珍觀城　訓導　唐盛應州　訓導　姚庚趙府　教授　孫玉惠州　府推官
知縣　蔣瑛巢縣　簿縣志作單縣誤　朱良　張文布經歷以上永樂歲貢　吳康　徐源有傳
張黼　劉清　胡濂　夏賓　王普　鄭譽　董燦　趙洪　徐盛　劉鏞
杜奎以上宣德　歲貢　陳賁東陽丞　李震唐縣丞　楊宣　蔡愈蘭陽丞通志蘭縣丞誤　曹孜鴻臚寺序班　莊守敬
張翰　石首簿　汪溥　曹琮　田義　沈英　餘姚訓導　李政　景州同知　陳綸

宜良知縣　王輔　淇縣訓導　張銓　曹州判　周祥　遂昌簿　房通　河東運司學教授
吳鑑鄱陽　丞　高昇曲陽　知縣　胡思恭　元城丞　魏榮景陵　知縣　徐庸泉州　訓導
常偉通許　訓導　何琪永甯　經歷　王俊　劉玘西縣　訓導　鄭銑陽武　教諭　宋福開化
談章德清　丞　謝譚新蔡　知縣　王政龍泉　教諭　蕭華　劉璧磁州　訓導
沈亮　周文舉　王璠邛縣知縣有傳按明無邛縣當是邛州之訛以上宣德歲貢　蔣森　錢潤有傳　吳琦潁上
陸瑀　宋能　陳鄰通志作張鄰　周昂　呂誠通志作吳誠　崔繡以上永樂　歲貢　白遂
胡璉饒州僉校　璉光緒州志作連通志作璉今依康熙州志更正　丁甯溫州檢校　戴[illegible]見進士州志通志均未載按明倫堂題名碑作正統十一年貢　陳玘青州照磨
彭澤巡檢　游盛清平典史　趙誠　杭州倉大使　王珪　趙迪　張從　道西安

許英 宜山丞　楊秀　劉欽 儀封知縣　唐淵 許州訓導　葛闓 萍鄉訓導　朱靖
劉燧 安邱 知縣　張純 大成 丞　吳銘 甯遠 衛經歷通志衛 作定　沈才 玉田 訓導　高敬 定州

丞　俞岡 蒲臺 教諭　賈鋊 建昌 經歷以上宏治 歲貢　楊本 臨漳 丞　魏紳 夏邑 教諭

楊賓 有傳 以上宏治歲貢　丁樂 嘉靖 恩貢雒容知縣 見通志　許夔 嘉靖 癸未選貢有傳　宋經 鳳陽 籍東鄉訓導嘉靖歲貢

千戶所吏目　王紳 有傳　馬賢 府知事　陳靖　顧顯 章邱 丞以上正統歲貢　王玘 典寶正

朱寶　高拱 家譜作珙　曾宗　吳完 並見鳳台志　張鵬　郭毅 興國知縣　周泉 知縣　孫節 布政使　于昇 崇德訓導

光緒州志經作清州誤歷　王道 陽武丞　王環 奉新簿以上正統歲貢　張式 常州簿　孫宏 江西倉副使通志作大使　趙貴 衡州衛經歷　謝茂 甯遠知縣
李芳 納溪知縣　馮安 孟縣知縣　朱盛 諸城知縣　王儀 保定推官　梁裕

邦　馮逵 泌陽訓導　高暴 交河教諭　房俊　黃宗　鉉 浮梁 丞　顧承
判　莊俊 南陽 推官　玉進 順德 府經歷　張守中 王府奉祀　洪頡 零陵 丞　陸平 西華

陸麟 星子 簿　金清 雲和 簿　柳紹文 保定教諭通志文作交　彭鏞　李鏜 武清 教諭

孫秉陽 隆慶己巳選貢　見進士　潘之麟 鳳陽籍懷甯教諭隆慶歲貢　阮崇舜 鳳翔丞　魏綸 通江 知縣

周瓔 平原 丞　鄒祥 登州 經歷　鄧暹 海豐 丞　袁署 桂東 知縣　吉昂 平度 州吏目通志作

趙珍 縣丞　陳綱 縣丞　王臣 瑞昌訓導　張祿 吏目　王纘 訓導　李繼宗 清縣 知縣通志清作青　楊綸 鄒平丞　李進 雲夢知縣　陶瓛 光祿寺署

通志甯作定　任綬 遂昌知縣 通志作遂昌丞以上 景泰歲貢　孟顯 滋陽丞　史寬 嚴州經歷　曹敏 高郵吏目　蔣寬 永和知縣　張傑 歙縣簿　劉信 平山訓導
河南推官　張倬　汪顯　王璉 淇縣簿通志作王槤　曹璽 桃源丞　王能 溫州經歷

勳 靳水 訓導 石恒 武定 高一本 平慶州謨以上 正 盛達 俞美

訓導 徐宗 靳州 訓導 臨安丞 景泰歲貢 杜濬 鉅野簿以 索忠 遇例冠帶 鉅野訓導

劉待 衛經歷 吳玘 以上 袁體元 完銑 有傳 上宣德歲貢 以上天順歲貢 劉寅

時 武城 趙日聽 正德歲貢 以上萬歷恩貢 姚忠 洺都 王綽 泉州照磨 王賓 萬全都司 潞府教授

教諭 膠州州 楊伯元 縣志作隆慶萬 簿 孫甯 知縣 斷事 通志府作

劉養 鍾晟 嘉縣 嘉靖選貢見舉 歷貢合恩選爲 孔經 徐正 大理寺卿 趙允中 鄭州府誤

晦 齊河 簿 人 一格未分晰今 高宏 南宮 蒯全 刑部主事 引禮舍人 張瓚

知縣 孫伸 黃縣 王瑤 尤溪 遵通志改注 典史 王俊 武綱知州 任福 豐縣丞

黃宗 訓導 簿 陳桂 萬歷 周綱 均州 趙翥 阜平知縣 牛廣 戶部檢校 胡縉

正 灤州 李侃 盧寶 顧紳 山東 癸酉選貢 訓導 郁志 九江檢校 通志作牛廣成誤 陸政

同知 知縣縣志侃作 口城縣丞 陳所學 馮燧 有傳 黃琮 蒲臺知縣 單安 雲合簿 通志陸作

王爵 侃 夏紞 天啟恩貢 吳源 烏程 徐枚 左布政使 張宏 崇仁丞 陳

崇德丞 錢玘 遼府 李鎮 內鄉 袁觀光 典史 胡進 給事中 史賢 部縣知縣 程繡

潘夢 教授 丞 天啟選貢惠州 楊酯 齊河 朱伯賢 長史 劉鑼 石埭訓導 程紳

獲 柘城 潘智 連州 楊鵠 湖口 通州縣志列恩 丞縣志作楊涫 張瑢 奉記 通志及康熙州志均 李逵

知縣 吏目 知縣 選格未分晰今 楊宗 胡廣 知縣 作石樓 武定同知

馬成 張秉 嚴州 馬升 滋陽 遵通志改 王庠 邢政 德州判 趙鉉 武德衛經 張鉉

能 有傳 教授 王府教諭 金存仁 姚瑄 雞澤 費隱 知州 歷 呂肯

張希 黃昱 沙州 夏向德 全椒訓導 教諭以上天順 趙瑢 奉祀 李成 南城訓導

中 歸德 學正 滋陽教諭 潘春誠 歲貢 李興 典史 李助 [illegible]通志[illegible]作呂

訓導 徐海 臨洮 李秀 正陽教諭 王漢 海甯 張珙 縣丞珙一 王泉 陝西鹽運 允
吳希 訓導 沈文英 陳士志 丞 作拱縣丞一作署丞 司教授 楊瓚
有 睢甯 吳价 唐縣 汝甯教授 王嘉秩 周進 新安 以上正統歲貢 丁信 石阡吏目
訓導 丞 魏希相 舞陽訓導以上教諭 高文 山東布照 鐔鉷 張玉
韓日 羅鉞 杞縣 荊門學正 天啟歲貢 苗平 文康 磨 蔣宥 泉州判 甘肅衛經
旭 國朝 訓導 朱廷舉 謝永福 公孫山東布經 徐忠 知州 薛鎬 饒州經歷 歷
順治[illegible] 唐義 南雄 南皮訓導 膠州同知 歷 曹能 通判 李宏 茂名知縣 張嵩
芮城知縣 府倉大使 趙應元 高自微 金滿 李智 宛平知縣 曹賢 開化簿 南豐訓導
紹繼 陸儀 內黃縣丞 閔一泰 周蘇 於潛 戴能 上游知縣 趙誥 寶坻訓導 閔肅
祖 以上 蘇誠 姚州 李相 確山 張國鼎 知縣 薛澄 教授 趙達 汚總丞通 金鄉衛經

三十五人 吏目 訓導 宋兆佾 吳鑑 大葛 劉顯 遂昌知縣 志汚作涸 歷
均由臨淮 羅鏜 永明 陸經 鳳陽籍見宋人衛教授 雷頤 照磨 何達 吳經
縣學撥入 知縣 王詔 玉田 孔從周 朱倫 泌陽 徐甯 萍鄉知縣 王壽 桐廬簿以 陽曲教諭
年分無考 嚴璘 涇州 訓導 舒城訓導以上 丞 李讓 經歷 上成化歲貢 西頫
通志均在 訓導 馬效文 崇禎選貢 王瑋 通志 吳源 以上天順 張瓚 華州同知 臨海丞
臨淮歲貢 劉昂 王府 黃陂知縣 李應僊 瑋作偉 歲貢 汪洪 慶雲教諭 王岩
今據鳳陽 教授 王用中 宋之宣 葉企 新樂 繆甯 照磨 州志作雲慶誤 陽穀訓導
縣志改列 張之儼 樂安教諭 池州訓導通志 訓導 周祥 主簿 蘇紹 雲南新添 王環
於此 獻縣訓導 馬體乾 宋作宗誤 包寶 有傳 陳凱 都事 衛吏目 金堂教諭
袁義 星子 有傳 段可教 沈林 崖州 王鑑 府同知 陳裕 象山簿 邵奎

訓導 繆敬山陰典史 趙佑林縣教諭 張昺武康知縣 張上建祁縣知縣 張鑑

宣曉許州訓導 裴狆 顧爵任縣丞 彭經德安教諭 元霖雨肥城教諭通志作知縣

有傳 陶孔教有傳 楊嘉廸合肥教諭 楊尚論壽州教授 陸萬里 柴友蔡淮安訓導

訓導 陶瑾 王銑縣志銑作銑 陳珣餘杭訓導以上成化歲貢 葉琛賓南府經歷通志作賓門

徐冕引禮舍人 王琰祀正通志作王炎 東晦御史 劉續祀正 鄒傑知縣 俞志府檢校 郭詢北城兵馬司 孫隆知縣

張宣慶都訓導 唐瑛泰興左衛經歷通志作太興 劉錫山東都司斷事 李昇夏邑丞 丁佐平度訓導 趙滈通志滈作韻 翟昂濟寗衛經

海南衛經歷 李琰訓導通志作李掞 張堯民東明教諭 朱驥獻縣教諭

沈鋐泰州知縣 陳義 王玉夏縣簿 湯福 陳令儼呂縣簿 朱勳 王巖都勻

宋滈西華訓導通志滈作諭 陳範陽信訓導以上嘉靖歲貢 杜濟民江蘇通州學正 楊延年安定知縣

白化龍 李孔志 梅永龍 陳之英 方遠國訓 有傳見通志以上崇禎歲貢 周希孟四川都司經歷 張俊有傳

顧忠鞏縣教諭 孔瑄上元簿 張永興國訓導 張諫 葛泰 黃傑樂城訓導

宋紀 張福府檢校 陸墉吏目 夏志縣丞 王英教諭 徐信經歷 牛法深澤丞 省凱萍鄉知縣 夏正知縣 李友縣丞通志

歷 劉環絳州同知 李信漷縣訓導通志信作告 張乾光祿寺署丞 廖璋青州訓導以上宏治歲貢 劉翰部州經歷 劉鎧廣西布經

張汝翼安順通判 楊棨儀封訓導 楊伸象山訓導 汪祀遷安訓導 張紀

經歷　李恭　周滙 掖縣丞　沈獻 茌平知縣　張淮 藩府教授通志作獻府　陳銓 華野

訓導　陸潔 揚州　杜楷 棠邑教諭以上隆慶歲貢　金極 榮府奉祀正　陸合泰 [illegible]松教諭　陳僴 衡山

照磨　彭賜 慶陽　羅彥 廣西太平照磨　張祥 杭州府同知　李讓 大名通判　趙盛 登州通判

陳鋐　張永泰 見舉人　馬翺　姚臣 金鄉丞以上宏治歲貢　錢達　馮惠 有傳　袁珍

作照磨　諸安 照磨　張正 經歷　夏忠 檢校　帥能 知事　向綸 知縣以上

成化歲貢自扈整以下州志未注明年分今遵通志補注

賀慶 肇慶通判

歷　饒綱 交河訓導　索瑛 餘杭丞　崔鳳龍 岩縣訓導　司文仲 平度州判　張鳳 桐廬丞　劉捷 仁和丞　張祿 潛江丞

東安教諭　吳春　張轅　金華教諭　曹公養　王溥 照磨　張曰蒙 南雄

訓導　趙廷釗　[illegible]化知縣　沈達 [illegible]　吳盛　沈登　盛錦 高唐州學正　趙廷謨

教授　張維高 懷慶教授　周元善 思恩知縣通志作恩縣誤　黃繼芳　濰州學正　陸韜　王思從

沈鍾 涇縣知縣　袁正 福建行都司[illegible]事　韋讓 [illegible]平簿　姚壽 崇德知縣　宋洪 通許

潘達 東平州判　黃清 有傳　馮璵 福建按照磨　徐錦 三水簿　蕭琮 仁和丞　沈舉 有傳

范忠 遂昌丞　方昇 知縣　薛璿 金吾[illegible]事　喬珍 姚源簿　柳英 桐城訓導　羅衡 郯城訓導　張祺　劉軫 縣丞　蔣源 [illegible]導　姜英 封邱訓導

武宗 宗一作宗　梅貞 潁安簿　李金 通志金作全　趙福 清平知縣　趙雲　彭倫 青縣訓導以上正德歲貢　蔣珊 桐柏知縣　張右銘 [illegible]

通判通志作[illegible]　王賓　王問　馮謙 魚臺訓導　孫宗　仁　汪燦 [illegible]

吳鋐 [illegible]學 秀水教諭 教諭 以上正德歲貢 通志英作興 鹽提舉通志右作古 甘通
教諭 趙宗舜 孫福 陵川 葉欽 嘉靖 張政 井陘知縣 丁紀 歷城訓導 張潼
吳京 教諭 吳川教諭 丞 庚寅選貢有傳 郝琮 密縣訓導 曹洪 江山簿州 梁光
張瓏 宜陽 陳汝孝 廖冠英 盛堯儒 李清 寶慶推官 志江作汪誤 先 鴻臚
訓導 承天通判 有傳 [illegible]子嘉靖壬辰 王拱 縣丞 邱鳳 樂安教諭 寺序班
李芳 訓導 郁堯章 葉時 湖廣 選貢見舉人 陳聰 主簿 谷達 楚府審理 朱誼
高標 孝豐知縣 鎮遠衛知府 耿陽 嘉靖 柳孟芳 光州 州志府作州誤 [illegible]都訓導
黃鐘 韋闌 施秉 曹道正 癸巳選貢桂林 [illegible] 張相 淄川教諭 周愷
羅廷佩 [illegible]縣 江西撫通樹鎮巡判 柳騰芳 寧壽 范相 通道知縣 劉潛
周璠 陸登瀛 檢 張裕 嘉靖 縣丞 楊鳳陽 來分注亭子鴻

張蓊 周灘 孔印義 甲午選貢有傳 柳聯芳 寺谷 知縣通志譌寺作易氣序班
盛珣 張光治 義勇衛經歷 黃鐸 嘉靖 知縣 梅說艮 南[illegible] 楊士
張可大 李承學 金珙 龍泉 丙申選貢王府 萬民 孝豐以上 丞通志作尋寧 賢 東陽
黃玠 周艮相 同[illegible] 紀善通志作歲 安治穀貢通志賀歲 劉仲元 南宮訓導
李偉 觀城 承天教授 謝亮 邳州 貢鐸作華 以下作成化年貢羅 教諭 楊希
黃棠 平定 同知 盛鵬 衛以下作正德年貢 張瀚 大名縣 姚 常山
刁濟新 同知通志作黃 金鐘 有傳 鄒龍 有傳 今滿汝丞從高州去 州志治作治誤 知縣
縣丞 養素官階亦同 曹興 郭寶 連州 戴澄 有傳 陳嘉行 [illegible] 張瀛
王紹 鄧州 杜應聘 顧禮 知州 陳玉 有傳 [illegible] [illegible]武丞
訓導 楊錢 以上 陳瓚 戶部 葉錢 有傳 劉禮 知縣 呂煒 青州訓導 鄭琰

李津 肇萬歷 昌歲貢 照磨通志作兵 鄭直 清縣 何清 知縣以上 夏鐸 南城通志訓導作鄧
通判 蔣行健 部 知縣 正德歲貢 通志作成 司諫 藍田拔 知縣
劉艮 王府 泰昌庚申選貢 張蕙 遼東 葉逍 孝感 化年貢州 志作正德 丁福 臨江教授 張杲
教授 有傳縣 志健作 廣寧衛 知事通 簿 年貢讀列州志作 宏治前今教諭 王觀
方春 建 志作 廣陵 秦濡 處州 遵州志注 改列此 閻孔揚 化定州
顧於道 褚有容 許綱 有傳 訓導 沈同人 嘉靖 丁惠 常山湖 簿知
盧龍衛 經歷 錢光世 李紘 郭壽 恩貢有傳 通志作歲 賈洞然 欽十 呂儀
羅袍 當湖廣行 陽都司經 徐德 王儒 貢 判 鄞縣 簿
丞 歷 李愷 沈鳳 濱氏 張育才 有傳 盧尚文 省 徐錫
徐行義 褚滄 建昌 楊紳 簿 通志作判 正德貢 張沐

王府教授 教授以上天啓 江珙 桂陽 孫天恩 周熊 崇德丞 李春芳 鴻衛山 臚簿
徐行恕 歲貢 知縣通御史鏞 志珙作子江山 張富 福建年鳴 布照贊 邵大
肇昌 通判 郁可來 洪 簿 齊 廖紳 邵州 學正 績溪
林泉 唐府 崇禎年 選貢 年芳 尚書 唐憲 歸順 王立 盧陵丞 沈可大 教諭
經善 褚有章 富子沂 州判 吏目 張曉 有傳 並見 黃宗順 李兼
周其仁 朝城 知縣 丁英 盛堯臣 鳳臺志 毛九思 寧波 艮 貞湯
四川[?] 東[?]事 陳堯道 江順 建昌 鴻子 熊治 壽州 知縣 教諭
宋經 東鄉 楊萬邦 千戶所 吏目 陳環 富民 張昇 [?]翁 訓導 馬重 陽曲
訓導 武進 訓導 黃清 知縣 賀壽 七名 訓導 劉慎 吳州 判 用
張汝梅 楊夢龍 蕭貴 梁可求 李昞 曹州 訓導 良示澤 貞十 彭學

考中知縣
周世隆　光州訓導
李鎬　青陽丞
張昦　范縣教諭
楊桐　麻城訓導
盛化　興國

安東教諭
馮大受　歸化知縣
杜如蘭　常熟訓導
郁起鳳　以上崇禎歲貢
高壽　左春坊左中允
李恕　絳州

沈瑛　信陽丞
劉甯　咸陽知縣
馮濬
張翔　府軍右衛經歷
魏佐　邱縣簿
何錠　滋陽

穆景儀　江滋知縣
盛堯年　鵰子
陳伯煥
盛堯時　鵰子州判
包敏　教諭
王衢　教諭經歷

陳敘　通志作金敘　金華教授知縣
崔紹　通志作訓導　太平知縣所學正
蔡之錄　唐縣簿
王賓
石鑾
孔連　會稽丞通
志作連槤

陳汝學　靖邊學正
孫獄　通州學正　州志作教諭康熙州志作通志教諭今依通志
施伯祚　費縣
教諭
蔣效艮　常山

曾　光州
程繼
芳　臨淄
丞
王居
潛山教諭
戴尚
順
唐希

知縣
徐玠　定陶
訓導
李聯芳　長垣訓導通志作李方
劉塤　王府紀善
朱允殖
柳州通判

知州
王謙　隴西
知州
施詡　遂安
知縣
胡璉　交阯
知縣璉志作胡槤
董麟　陝西
布經歷

丞
江俸　湖州
衛經歷通志作湯州
崔釗　饒州
知事
薛源　王府教授
耿恕　密縣訓導

以上嘉靖歲貢
隆慶丁卯選貢縣丞
通志作知縣
孔聞詩
訓導
楊文明
經歷
宗偉　以上隆慶歲貢

李節　長葛知縣
張麒　涿州通判
志作麒淇
瞿府
閻肅
左相
王錦　洛陽訓導
沈佐　黃州訓導
王良貴
張銘

丞
李涇　鉅野丞
陳嘉言
陳綜　以上嘉靖
歲貢
林桂
沈一奇　汾州
府同知
耿光　鉅野教諭
陸景行

禹
高尚
德
戴向
武　達子
安學正
張旦
周　合肥
教諭
張珏

石蘊玉 熊玘滄州
浙江太平丞 知州
刁尚義 孫讓上苑
嵩明知縣 監署丞
黃鉉荊州 章似闌
教授 應城知縣
魏應科 胡福太僕
陽曲訓導 寺丞
黃三益 李岩東強
安吉州判 知縣

徐琉有傳
陸清唐府
典儀
楊鵑陝西
布經歷
趙賓冀州
判
周淮邵陽
丞
沈武張樂

馮學淵 胡紹古田教諭
萬歷壬辰選貢 魏圻九江推官
有傳 薛宗崇義知縣
楊邦貴 侯汝白分水
萬歷乙未選貢 知縣
胡一化 徐繼賢
教諭 田祐茌平主簿
孫繼豸 張瑋九江訓導
訓導 趙相烏程教諭
陳校訓導 李介德清訓導

顧承言嵩縣 高密蒲
簿以上隆慶歲貢 程繼
楊尚義莊歷 禮 鄭州
恩貢 同知
秦艮能東鹿 朱輝
訓導 泰安訓導
于光 張樞
祝祿饒州教諭 李素
通志作教授 張宏
黃耀當陽縣丞 代

劉爾莊 李庸鉅鹿教諭
睢陽訓導 知縣
顧鳳儀 張昊元氏
鹽城教諭 知縣
黃經茂 丁乾歸德
陸中立 衛經歷
溧水訓導 丁昇洪洞
潘春載 訓導
南京武訓導 吳韶葉縣
陳璽言 丞

江阡有傳
薛相有傳
陳鈿有傳
梅効有傳
楊鈞有傳
何森有傳
房艮
鄧橋
朱璉

黃鳳來 黃河清鄆城
通志作來鳳 知縣
葉求立 高如山高郵
訓導 學正
黃之夔 張吉昌化教諭
訓導 吳臣河陰訓導
陳邦器 吳之美泗安
訓導 訓導
宋仁訓導 吳貴中
葉仲光 沈一鳳

蔣應之見舉 張朝
人葉康熙洲志習 立應天
李斗山陽訓導 訓導
通志作縣丞 朱采
陳仕 如皋訓導
朱繼忠六合 解詔
訓導 青陽訓導
趙大立 馬秉
丁行可益上 芳桂蔭
府教授 訓導

虞州教授　馮三元　日照丞　程藏道　東平教授　徐天民　開封教授　李繼華　撫州教授　張雲桂

郁宣 鹽山 丞通志郁作郁　馬恭 江夏 簿　陳旻 臨朐 教諭　楊鎬 大同 行都司經歷　楊勝 歸州 知州

姚佺　王鑰　陸垠 歸善 丞　孫綄　年璣　施丙 新城 訓導　段綸 有傳　胡科 南京

吳論 通城 知縣通志諗作 論　趙守　姚應聘 教諭　陳所學 有傳　朱衣　陳一鑑

李照　王有容　湯膏 教諭　朱銘 有傳　唐有皋 金鄉 丞一作例貢　胡穩　劉繼曾 有傳　張軏 有傳州志 作肯往百　以上嘉靖

徐廷臣 杭州 訓導　張時耆　孫光裕 武昌 知縣　馮九疇　李元伯 據康 熙州志增　徐學益 據康 熙州志增　見舉人

王廷　鶴 溧陽 訓導　馬近　龍 龍溪 丞　解詔 邛州訓導　吳柯 歙縣訓導

鎮江訓導通志姓作程　張一本 無錫訓導　沈宗舜 潯州府通判　李時教 保封丞　楊世賢 邳州學正

王信 會稽　丞　郁瑄 江西　按照磨　李坎 靈寶　知縣　王翁 莆田　知縣　湯安 蘄州　判

國子監學正　崔洋 定海　教諭　何文 山陰　訓導　袁槍 有傳　崔維岳　巴東教諭　黃佐 湖州　訓導

訓導　鍾應詔　教諭　陳昇 教諭　王之幹　教諭　徐榛 有傳　沈待徵　馬一麟　有傳

歲貢　張允賢 萬曆　恩貢慶陽府同知　張夢蛟 上虞　丞　孫夢揚　權可贊 羅天　州州同　方震仲 綿州　知州州志據家譜增

李潘　施沽 長州通判　通志沽作沽誤　沈一麟　張端拱　張間善 石城　知縣　鄭浦 青浦訓導　馮九皋　陸萬程 貴縣

梁珠　徐楫 朝城訓導　解崇　志 象山　丞　朱炳　李春　時 徐州　訓導

田濟美 王泰 承淸 甯子化 胡應選 入一作辛酉科以上知縣 張衍
淇川教諭 衛經歷 嘉祥知縣 張世銓 嘉靖選貢 賈確然 海州 楨 無錫
田宜祿 泰惠 遼府 何維正 以上薦歷歲貢 王輅 教諭 學正 訓導
建平教諭 審理 祁門訓導縣志 王德明 王官 訓導 丁可仕 樂陵 李玉
褚文蘭 黃順 北城 作祁州 泰昌選貢有傳 張思紹 有傳 教諭一作銅陵訓導 林 廣德
於潛訓導 兵馬副指揮 吳必 曲陽 余中純 張本立 教諭 張其賢 長史 州訓導
褚應問 丁誌 玉田 教諭 天啓辛酉選貢 劉康國 安陸 沈一鳳 馬從
夷 陵學通志 知縣 黃生呂 見舉人 府推官 王弘化 登州 龍
問作聞 顧慶 兗州 潛山訓導 李茂華 鄧琨 教諭 府教授 馬鎣
羅于海 知事 何樞 保定 通判 鮑養吾 知州 孟煉 龍

大同府紀[illegible] 陳止敬 通判 苗天培 梁希周 教諭 王嘉賓 解評
興 陸國垣 張天衢 盛懷敬 孫希顏 教諭 宋志 通志作宋 馬奎
褚文藩 吳道厚 高苑教諭 嘉興訓導 張應衢 有傳 志駕光緒[illegible][illegible]作宋 徐堯
劉爾順 倪之稷 何楷 楊煖 以上 吳訥 訓導通志 志約誤今[illegible][illegible]熙州 年
通志作按照磨 以上三十五人 張棐 有傳 天啟歲貢 訥作納 志
沈思聘 年分未詳 柴棟 潞府 孫夢良 孔禧 教諭 陳全才 太平
黃經綸 審理通志作潞 崇禎戊辰選貢 許汝翼 訓導 教授才一作材
朱九皐 州誤 衛經歷通志作 徐尚忠 訓導 張振先
沈思誠 阮嵩 濟南 訓導 桑一龍 訓導 葛士弘 南京
通志誠作咸 教授 杭銳 教諭 許如誠 教諭 [illegible]學教授

徐振民 以上歲貢一百四十一人縣志及通志年分均未詳

朱綶 繁昌 教諭 陳達 通州 訓導 孫樞 宿松 訓導 金燔 商邱 訓導 陳加瑞 王詔 宜興

苗汝達 蕭頌聖 有傳 盛民直 有傳 趙學潛 胡應平 教諭 單國鑑 星子教諭通志

如一作汝一 郭永祿 漳平 教諭 劉三錫 王道隆 州判 劉如川 宜黃 知縣 王訥言 訓導 通志訥作納 黃守約

楊守摯 學正 李瑜 合肥訓導 徐來同 杭州 訓導 邱衍祚 趙三祝 高淳 教諭 張問德 酆都 知縣以上萬歷歲貢 丁天王 天啟

訓導 吳尚志 廬州教授 常存仁 有傳 黃尚義 潘秋桂 六安訓導 方鑛 青城 知縣

鑑作監 朱振 訓導 以上崇禎歲貢 盛民光 弘光恩貢 朱萬里 弘光歲貢

魏燾 鄒國儒 訓導 李加會 田偉 侯得友 見舉人 王崇儒 訓導 曾國祥 訓導 何思武 訓導 賈以正

恩貢據康熙州志增 陸應麟 馬應豸 山陰 訓導 宋宗朱 彭志奇 趙三傑 新安 教諭 葛士英 淮安 教授以上天啟歲貢

方銳 南康教授
何光楊 沛縣教諭
宋世美 太平訓導
周希顏 上虞訓導
陳正思 無爲州訓導以

黃建極
雍鳳鳴
王延祚
鮑登庸
朱士選
范震 石埭教諭
方儒伸 有傳
見通志
朱士觀
李雲衢 訓導

周廷棟 崇禎
恩貢有傳
董九鼎 崇禎
乙亥選貢
任柔節 崇禎
甲申選貢有傳
李名世 崇禎
選貢臨江知府通志作歲貢今依康熙州志改
注

上歲貢九十九人均年分未詳按縣志自張浚以下三十八人作永樂至天順貢自魏佐以下三十五人作正德嘉靖貢自查子化以下二十四人作隆慶萬

貝爲琦
左逢時
孫紹先
喻申錫
張名世
范友歐 徐州
訓導以上萬歷歲貢
方至樸 崇禎
壬午副貢震孺子見
薦辟

宋欽式 崇禎
選貢有傳
周延年 西平知縣
任文石 有傳
通志作汪任
孫繼志 有傳
劉芳節
張嘉瑞
王基

歷貢均未分晰，按時代先後登列，殊無所據，故仍遵通志列此。

周盛右 太平訓導

張介 潛山教諭通志作訓導以上崇禎歲貢

黃鶴祚 合肥訓導

李延白

劉芳 見通志

高萬初 教授初一作

張俊秀

梁增光

黃啟運 全椒訓導

李養粟 鄒城知縣

程上進 以上崇禎歲貢